Ernst von Wolzogen

Daniela Weert

Schauspiel in 4 Akten

Ernst von Wolzogen
Daniela Weert
Schauspiel in 4 Akten

ISBN/EAN: 9783743644182

Hergestellt in Europa, USA, Kanada, Australien, Japan

Cover: Foto ©Andreas Hilbeck / pixelio.de

Weitere Bücher finden Sie auf **www.hansebooks.com**

Daniela Weert.

❧

Von **Ernst von Wolzogen** erschien im gleichen Verlage:

Erlebtes Erlauschtes Erlogenes. Novellen.

Die rote Franz. Roman. Neue Ausgabe.

Das Lumpengesindel. Eine Tragikomödie.

Das gute Krokodil und andere Geschichten aus Italien.

Die Entgleisten. Roman.

Fahnenflucht. Novelle.

Daniela Weert.

Schauspiel in 4 Akten

von

Ernst von Wolzogen.

Berlin W
F. Fontane & Co.
1895

Personen.

Freiherr von Veldegg, Generallieutenant a. D.
Sidney, Ministerialassessor, dessen Sohn.
Harriet, dessen Tochter.
von Villiers, Oberkammerherr der Königin.
Lili von Tönnies.
Daniela Weert.
Adam, Diener bei Sidney.

Das Stück spielt in Berlin.

Erster Aufzug.

Wohnzimmer bei Sidney. Sehr elegant und behaglich eingerichtetes Herrenzimmer. In der Hinterwand etwas nach links allgemeiner Auftritt. Man sieht beim Oeffnen der Thüre in den Corridor. Entréethür nahe der Mittelthür links anzunehmen. Rechts weiter nach hinten Thür nach dem Schlafzimmer, links zwei Fenster. Dazwischen großer Spiegel. (Statt des zweiten Fensters auch ein Erker.) Vor dem vorderen Fenster, quer ins Zimmer hineinstehend, ein großer Schreibtisch, darauf elegantes Schreibgeräth, ein kleiner Aktenstoß und, besonders in die Augen fallend, ein Photographieständer (weibliches Cabinetporträt). Davor ein ledergepolsterter Schreibstuhl. An der Hinterwand links ein Panelsopha, davor Tisch, einige Fauteuils. Neben dem Schreibtisch, fast bis in die Mitte der Bühne reichend, ein üppiger, persischer Divan. Am Kopfende ein Rauchtischchen. An der rechten Seitenwand ein kleines Buffet. Kaminofen mit Sims, worauf Pendule ec. ganz vorn rechts. Bücherschrank an der Hinterwand. Mehr nach der Mitte und etwas vor der Schlafzimmerthür ein kleiner Eßtisch mit vier hochlehnigen Stühlen herum. Reiche Dekoration an Vorhängen, Bildern, exotischen Waffen u. dergl. über dem Sopha und anderswo. Vormittag, aber nicht sonnig.

1. Auftritt.

Sidney. Adam.

Sidney (tritt im Ueberzieher mit Hut und Stock herein. Mann von 30 Jahren, vornehme, stattliche Erscheinung. Schnurrbart. Modern, doch nicht geckenhaft gekleidet. Uebergibt noch in der Thür Adam Hut und Stock, wirft die Galoschen ab und krämpt sich die Hosen herunter). Bißchen abbürsten, Adam. Jemand da gewesen?

Adam (junger Mann mit intelligentem, etwas frechem Gesicht. Geschniegelt frisirt, Andeutung von dunklem Backenbart. Hat Hut und Stock draußen abgenommen, kommt sofort mit einer Bürste wieder zum Vorschein und reinigt Sidney die Hosen). Jawohl Herr Baron. Der Bote vom Ministerium war da und hat Akten gebracht. Ich hab sie auf den Schreibtisch gelegt. Und die gnädigen Herrschaften aus Wannsee sind in der Stadt auf Besorgungen und lassen sich zum Frühstück ansagen. So gegen Zwölf.

Sidney (hat inzwischen seinen Ueberzieher ausgezogen, reicht ihn Adam hin). Um Zwölf? (Sieht nach der Uhr.) Da ist es aber höchste Zeit. Wer war denn da?

Adam. Das gnädige Fräulein. (Trägt den Paletot hinaus.)

Sidney. Ist mein Vater auch in der Stadt?

Adam (draußen). Jawohl, Excellenz werden aber wohl nicht mit den Damen kommen.

Sidney. Den Damen? Da kommt also wohl Fräulein von Tönnies auch mit?

Adam (wieder hinten eintretend und die Thür hinter sich schließend). Jawohl, Herr Baron, Fräulein von Tönnies kommt auch mit.

Sidney (sichtlich vergnügt). Ah, das ist ja... Da müssen wir also rasch was Gutes besorgen. Caviar ist ja wohl noch da?

Adam. Ja wohl, Herr Baron.

Sidney. Das heißt, nein, Fräulein von Tönnies macht sich nichts aus Caviar fällt mir ein. Sie können 'mal solche englische Fleischpastete von Schaller herüber holen. Sie wissen wohl, wie wir neulich eine gehabt haben. Und dann bringen Sie etwas feines Obst zum Nachtisch mit. Datteln, Krach=mandeln nicht vergessen. Etwas Aufschnitt haben wir ja wohl noch?

Adam. Jawohl, Herr Baron. Kalte Wildente ist auch noch etwas da.

Sidney. Sie werden mir doch das Gerippe nicht auf den Tisch bringen! Na, nu sputen Sie sich. — Halt, eine Flasche von dem süßen Griechischen ziehen Sie auf und von dem Burgunder stellen Sie eine Flasche gleich hier an den Ofen, ehe Sie gehen, verstanden?

Adam (will fort). Ja wohl, Herr Baron.

Sidney. Also, Excellenz kommt nicht mit?

Adam (an der Thür). Jawohl, Excellenz kommt auch, aber wahrscheinlich nicht mit den gnädigen Fräuleins zusammen.

Sidney. Ah so! Warum drücken Sie sich denn nicht gleich deutlich aus? Wenn mein Vater mitkommt, dann bringen Sie auch Käse und eine Flasche Weißwein mit der grünen Kapsel.

Adam. Zu Befehl, Herr Baron. (Ab hinten.)

Sidney (kommt vergnügt pfeifend nach vorn, wirft einen flüchtigen Blick in das oberste Aktenfascikel auf dem Schreibtisch, murmelt). Um Gotteswillen! (Klappt es lachend wieder zu, sieht nach der Uhr und geht dann nach dem Büffet, aus dem er einige geschliffene Weingläser herausholt und sie gegen das Licht hält, um ihre Reinlichkeit zu prüfen. Laut.) Adam! (Für sich.) Ach so, der ist wohl schon fort.

(Es klingelt draußen.)

Sidney (eilt rasch nach der Thür und horcht einen Augenblick hinaus).

Adam (tritt ein mit einer Rotweinflasche, die er hinter den Ofen stellt. Meldet). Herr von Villiers.

Sidney (ärgerlich). A! — — Na — ich lasse bitten! (Für sich.) Hilft doch wohl nichts. (Sieht wieder nach der Uhr.)

Adam (ist sofort hinausgegangen, öffnet Villiers die Thür und zieht sich gleich darauf zurück.)

2. Auftritt.

Sidney. von Villiers.

Sidney (ihm entgegen it ausgestreckter Hand). Ah — das ist aber wirklich sehr liebenswürdig... Sie suchen mich auf?

v. Villiers (hagerer Sechziger, typische Erscheinung eines alten Höflings. Wackliger Gang mit kurzen Schrittchen. Hastige, kurzatmige Sprechweise. Reicht ihm zwei Finger). 'Tag, mein lieber Baron. Ja, zu mir kommen Sie ja doch nicht mehr. Bitte, bitte! Pas d'excuses. In Ihrem Alter hab' ich mich auch nur schwer entschlossen die alten Ruinen schaudenhalber hin und wieder mal zu inspiziren, hehehe!

Sidney. Haha! Immer bei gutem Humor. Cigarre gefällig?

v. Villiers. Nein, danke sehr, ich will Sie nicht lange stören — ich sehe Sie haben zu thun. (Auf den Aktenstoß deutend; jetzt sich auf den Divan.)

Sidney (setzt sich auf den Schreibstuhl). Ja, sie packen mir jetzt alles mögliche auf. Langweiliger Kram.

v. Villiers. So, so! — Sagen Sie mal, mein Liebster, Bester, haben Sie denn nicht Lust zur Diplomatie überzugehen? Ich habe neulich noch mit Ihrem Herrn Papa darüber gesprochen und die Sache ist mir seither im Kopf herumgegangen. Deshalb komme ich nämlich auch heute.

Sidney. Ah, das ist wirklich sehr freundlich von Ihnen. Ich habe allerdings manchmal daran gedacht, und mein Vater wäre ja auch...

v. Villiers. Nun ja, sehen Sie, wenn wir drei aus verschiedenen Richtungen auf denselben Punkt zustreben, hehehe... das heißt, bei Ihren vielseitigen Talenten kann es Ihnen eigentlich gar nicht fehlen; wenn Sie nur ein bischen Initiative entwickeln wollten, so würden Sie überall porte ouverte finden.

Sidney. Glauben Sie wirklich? Sie überschätzen mich doch wohl.

v. Villiers. Ihre Majestät hat ein ganz esonderes Penchant für Ihren Herrn Papa, und die Andeutungen, die ich mir neulich in Ihrem Interesse erlaubte, sind auf fruchtbaren Boden gefallen.

Sidney. Pardon, wie soll ich das verstehen? Ich habe ja allerdings auch daran gedacht — die hohe Politik, das Internationale dabei hat mich immer gereizt; aber sehen Sie, jetzt bin kaum sechs Monate von meinem Commissorium bei der Regierung in Königsberg fort und ins Ministerium berufen. Und das ist doch immerhin eine Auszeichnung — man könnte es mir doch recht übel vermerken, wenn ich nach so kurzer Zeit schon wieder aufkündigen wollte. Man sieht das nicht gern. Und dann...

v. Villiers. Apapapa! Das hat gar nichts zu sagen. Sehen Sie, diese bureaukratische Hierarchie ist so unpersönlich, so gemütlos, hehe — als Diplomat stehen Sie doch dem Throne viel näher, empfangen Ihr Schicksal sozusagen direkt aus den Händen Ihres allergnädigsten Königs. Das ist denn doch für einen Edelmann, sollte ich meinen... Das macht sich dann alles ganz von selbst, glauben Sie mir. Ihre Majestät ist sofort mit Lebhaftigkeit — ich versichere Sie, effektiv mit Lebhaftigkeit! — auf meine Anregung eingegangen, Sie in ihren engeren Kreis hinein zu ziehen. Nur ein Wort von mir und Sie werden Kammerjunker.

Sidney (etwas ironisch). Kammerjunker!

v. Villiers. Selbstverständlich sorge ich auch dafür, daß der Kammerherr nicht lange auf sich warten läßt. Sie müssen sich nur etwas fleißiger bei uns sehen lassen und Ihr Licht nicht unter den Scheffel stellen. (Markiert Orden auf seiner Brust.) Eine kleine freundliche Ueberraschung habe ich schon für Sie präpariert — um den Appetit zu reizen, hehe!

Sidney. Ich bin Ihnen außerordentlich verbunden für Ihre gute Absicht; aber mein Ehrgeiz ist eigentlich doch mehr darauf gerichtet, mir durch meine Leistungen Auszeichnungen zu verdienen.

v. Villiers. Leistungen? Erlauben Sie, hehe, Leistungen? Der einzige Sohn seiner Excellenz des Generallieutenants von Veldegg und Erbe des englischen Vermögens der Frau Mama zu sein, ist das vielleicht keine Leistung, hehe? Und obendrein gestatten Sie sich noch den Luxus einer bestrickenden Persönlichkeit, einer umfassenden Bildung...

Sidney. O, o!

v. Villiers. Aber nein, ich schmeichle nicht. Es kann Ihnen ja gar nicht fehlen, wenn Sie sich nur ein klein wenig bemühen wollen. — Unsere ersten Familien würden Ihnen ihre Töchter...

Sidney. Um Gotteswillen! Haben Sie mir vielleicht auch schon eine Frau ausgesucht? Sie sind wirklich von einer erdrückenden Liebenswürdigkeit, Herr von Villiers. Aber ich möchte mir doch meine Freiheit . . .

v. Villiers. Freiheit? Sapristi! Was wollen Sie denn? Folgen Sie meinem Rate, und ich garantiere Ihnen — parole d'honneur! — in zehn Jahren haben Sie die Freiheit zwischen der Ambassade am goldenen Horn und derjenigen an der schönen blauen Donau Ihre Wahl zu treffen.

Sidney (springt auf, halb ärgerlich, halb lachend). Aber nein, nein. Sie gehen entschieden zu weit! Eine Phantasie haben Sie, haha!

v. Villiers (erhebt sich gleichfalls, gebt ihm nach und ergreift ihn am Arm). Aber ja, ja, mein Liebster, Bester. Glauben Sie einem vieux routier. Freiheit! Ich bitte Sie! Wo ist denn Ihre Freiheit zu finden? Da oben doch höchstens. Also klettern Sie hinauf, junger Freund. Der alte Villiers macht sich ein Vergnügen daraus, Ihnen die Leiter zu halten.

Sidney (drückt ihm die Hand). Ich weiß, Sie meinen es gut mit mir; aber, offen gestanden: ich glaube nicht, daß ich für den Hof- und Herrendienst geschaffen bin und daß meine Anschauungen in allen Punkten . . .,

v. Villiers. Ich weiß, ich weiß, mein Lieber. Kenne ich: Sturm- und Drangperiode. Muß jeder junge Mann von Geist durchmachen. Man spottet über die Autoritäten, man weiß alles besser, möchte alles umstürzen und seine eigenen Ideen an die Stelle setzen, man voltigiert tollkühn über alle Schranken der gesellschaftlichen Sitte — ehem, ja ja! (Droht ihm mit dem Finger.) Ich weiß alles. Sie haben es ein bißchen arg getrieben, da in Dingsda, in Königsberg.

Sidney (ungeduldig). Ich bitte Sie, das sind . . .

v. Villiers. Tempi passati! Wie? Nun ja, hoffentlich. Aber wissen Sie, es giebt doch Dinge, die einem übel genommen werden, die einem lange anhängen, wenn man sie nicht energisch abschüttelt. Kleine Aventuren — mein Gott, das gehört dazu! Wir wollen keine Duckmäuser sein, aber — la femme mariée — das kompromittiert!

Sidney. Ich bitte Sie — Klatsch! Wie können Sie überhaupt wissen . . .

v. Villiers. Man hat überall davon gesprochen in der Gesellschaft. Ja, ja, ja, weichen Sie mir nicht aus! — Kommen Sie her, lassen Sie mich als väterlicher Freund ernsthaft mit Ihnen reden. (Führt ihn zum Divan und zieht ihn mit sich darauf nieder.) Sehen Sie, der Professor Weert nimmt eine sehr geachtete Stellung an der dortigen Universität ein. Sie haben seine Frau ernstlich kompromittiert.

Sidney. Ich muß Sie wirklich bitten, diese Dame aus dem Spiel zu lassen. Meine Beziehungen zu dem Hause Weert waren durchaus . . . Ich werde es keinesfalls dulden, daß sich der böswillige Klatsch an eine Dame heranwagt, die ich — verehre und die über allen niedrigen Verdacht erhaben ist.

v. Villiers. Aber man sagt doch, daß sich der Professor Ihretwegen scheiden lassen will.

Sidney. Meinetwegen! Pardon, ich — ich bin wohl nicht genügend eingeweiht in das Geheimnis dieser Ehe, aber wenn man meinen Namen mit dem dieser Dame in Verbindung bringt, so macht man sich einer leichtsinnigen Verläumdung schuldig und ich werde . . .

v. Villiers. Tant mieux, mein Lieber, wenn nichts daran ist. Sie können ja sich selbst, wie auch der Dame, keinen größeren Gefallen erweisen, als wenn Sie sofort meinem Rate folgen. Lassen Sie sich fleißig bei Hofe sehen. Lassen Sie keinen Zweifel daran aufkommen, daß Sie ernstlich als épouseur betrachtet sein wollen und Sie werden sehen, wie gerne man es Ihnen glaubt, hehe.

Sidney. Wirklich? Gesetzt nun aber, das Gerücht hätte die Wahrheit gesprochen, ich hätte wirklich jene Dame — gebrauchen wir mal das starke Wort: geliebt! Und nun beeile ich mich irgend eine Andere zu heiraten, um meinen kostbaren Ruf zu retten — sagen Sie mal, wie würde denn das die Gesellschaft finden?

v. Villiers (starrt ihn verständnislos an). Wieso? Wie meinen Sie das?

Sidney. Nicht wahr, ein Sünder, der Buße thut, ist dem Himmel angenehmer als neunundneunzig Gerechte?

v. Villiers. Ach so, hehe! Ja wissen Sie, mein Lieber, die gute Gesellschaft kennt überhaupt nur zweierlei Sünder: solche, die schon verheiratet sind, und solche, die partout nicht heiraten wollen. Den Ersteren kann vergeben werden, den Letzteren nie, hehehe! Dem Manne mit ernsten Absichten und in glänzenden Verhältnissen hat man überhaupt nichts zu verzeihen!

Sidney. Ah so, der steht jenseits von Gut und Böse, nicht wahr? Ich danke Ihnen für die freundliche Aufklärung.

v. Villiers. Bitte, bitte. (Schütteln sich die Hände.) Da wären wir also parfaitement d'accord, nicht wahr? Ich wußte es ja, daß meine Mission... (Es klingelt.)

Sidney (springt auf, eilt nach der Thür). Pardon, ich glaube mein Diener wird noch nicht zurück sein. Ich erwarte Besuch — Sie verzeihen. (Durch die Hinterthür ab, um zu öffnen.)

3. Auftritt.

Vorige. Generallieutenant v. Veldegg.

General (noch draußen). Ah, was Tausend — ohne Bedienung? Morgen, mein Sohn. Sind unsere Damen schon da?

Sidney. Nein, Papa. Ich erwarte sie mit Ungeduld. Komm' laß Dir helfen.

General. Danke, geht schon noch allein. (Man sieht ihn durch die Thür seinen Ueberzieher ausziehen. Dann tritt er herein. Er ist ein großer stattlicher Mann von etwa 65 Jahren; edel geschnittenes, intelligentes Gesicht. Frischer Teint, wenig Falten. Starker weißer Schnurrbart. Das Haar weniger weiß, aber stark gelichtet. Durchaus nicht etwa bärbeißige Korporalmanieren! Sprache und Betragen vielmehr von weltmännischer Leichtigkeit. Graue Hose, dunkler Rock, darauf das Band irgend eines hohen Ordens. Er hinkt fast unmerklich auf dem linken Beine. Erblickt v. Villiers und schreitet lebhaft auf ihn zu.) Ah, was seh' ich! Mein lieber Villiers!

v. Villiers (ihm die Hand schüttelnd und festhaltend). Guten Tag, meine liebe eccelenza! Das ist aber charmant, daß ich

Ihnen noch wenigstens in der Thür die Hand drücken kann. Und wie Sie wieder aussehen! Sie werden immer jünger!

General. Das Landleben bekommt mir auch sehr gut. — Wollen Sie denn schon wieder gehen?

v. Villiers. Ja gewiß! Ich höre, der Herr Assessor erwartet Damenbesuch. Da will ich nicht stören.

General. Nur seine Schwester und die kleine Tönnies Wie kommen Sie auf den Gedanken, daß Sie stören? Nicht wahr, Sidney? Hilf mir doch bitten.

Sidney (macht seinem Vater ein Zeichen, daß er Villiers lieber fort haben möchte). O, wenn Herr von Villiers nichts Wichtigeres vor hat...

v. Villiers (hat nicht gehört, sucht in seinem Gedächtnis). Tönnies? Tönnies? Ich kann mich nicht besinnen...

General. Hannöversche Familie. Der Vater war geheimer Rat. Meine Harriet hat die Damen mal in Wiesbaden kennen gelernt. Das junge Fräulein hat sich so an sie attachiert. Seit Jahr und Tag hat sie ihre Mutter auch verloren. Da reist sie denn so bei Verwandten und Freunden herum. Ein ganz allerliebstes Mädchen. Ich hoffe, sie wird noch recht lange bei uns bleiben.

v. Villiers (fixiert Sidney neugierig, der sich rasch abwendet und am Schreibtisch zu thun macht). Ah so so! Da will ich erst recht nicht stören, hehe! Meine Mission ist ja doch so wie so beendet.

General. Mission? Darf man fragen?

Sidney. Herr von Villiers will mich durchaus zum Kammerjunker machen.

v. Villiers. Da hören Sie ihn nur! Geringschätzung allerhöchster Gnadenbeweise. Reden Sie dem jungen Herrn ins Gewissen, mein lieber General. Das ist ein revolutionäres Köpfchen. Verkappter Demokrat. Ganz aus der Art geschlagen.

General (gutmütig lachend). O, o, mein Sohn! Was muß ich von Dir hören? Das ist mir ja ganz neu. Seit wann sollte denn das...?

Sidney (etwas ärgerlich). O, Herr von Villiers beliebt zu scherzen.

v. Villiers. Na, na, mein Verehrtester! Ich glaube,

Sie haben zuviel mit den Herren Professoren verkehrt da oben. Es herrscht da ein sogenannter liberaler Geist in diesen Kreisen... ja, ja, ich weiß, das nennt man die Freiheit der Wissenschaft. Habe ja auch gar nichts dagegen, wenn die Herren herauscalculieren, daß die Orang-Utangs ihre nächsten Vettern seien. (Lacht und bekommt dabei einen Hustenanfall.)
General. Holla, holla, haben Sie sich erkältet?
v. Villiers (heiser). Ja, spotten Sie nur, Sie alter Recke von Wannsee. Wenn man an die vierzig, fünfzig Jahre fast ununterbrochen diniert hat, dann darf man sich nur wundern, daß man überhaupt noch auf zwei Beinen steht. Und ich bin immer auf den Beinen, tanze sogar noch die Quadrillen mit — ach ja! Also... (reicht dem General die Hand).
General. Wirklich solche Eile?
v. Villiers. Allerdings. (Er drückt Sydney kurz die Hand.) Also überlegen Sie sich, was ich Ihnen gesagt habe. (Wendet sich zum General und reicht ihm die Hand.) A revoir, meine liebe Excellenz. Sobald mich der Dienst einmal etwas aufatmen läßt, erlaube ich mir, in Wannsee bei Ihnen anzuklopfen.
General (ihn zur Thür geleitend, ebenso wie Sidney). Jawohl, lieber Villiers. Ich bitte mir aus, daß Sie das recht bald wahr machen. Wollen Sie mich der lieben Frau Oberhofmeisterin empfehlen.
v. Villiers (in der Thür). Danke, Danke — und wollen Sie mich bitte Miß Harriet zu Füßen legen. Sagen Sie ihr, ich hätte Reißaus genommen, weil ich mich ihrer liebenswürdigen Bosheit nach den anstrengenden Verhandlungen mit ihrem Herrn Bruder nicht mehr gewachsen fühlte, hehe. (Ab, von Sidney hinausbegleitet.)

4. Auftritt.

General. Sidney. (Später) **Adam.**

General (schaut Villiers nach, schüttelt den Kopf und brummt etwas vor sich hin. Dann setzt er sich hinten am Tisch und streckt sein steifes Bein). Ah ça!
Sidney (tritt wieder von hinten herein. Aergerlich). Der kann immer nie ein Ende finden mit seinen Wichtigkeiten.

General. Sag mal, was wollte er denn mit seinen Anspielungen auf Deinen Umgang mit den Professoren? Hat er etwa von Frau Weert...?

Sidney. Na natürlich! (Setzt sich auf das untere Ende des Divans.) Wenn irgendwo in einem Winkel des Reichs von einer Affaire oder von einem Standälchen in der Gesellschaft was verlautet, dann reckt Herr von Villiers sicherlich seine Ohren hin.

General. Aha, dacht ich mir's doch! Ist die verfluchte Geschichte hier auch herumgeträtscht worden.

Sidney (nervös). Aber liebster Papa, wir wollen doch nicht wieder davon anfangen. Ich habe Dir doch damals mit vollständiger Offenheit die ganze Sache zu erklären versucht.

General (erhebt sich und tritt zu ihm). Ja, mein armer Junge, das Zeugnis muß ich Dir geben. Du hattest gänzlich den Kopf verloren. Ich bitte Dich, von ihrem Manne die Scheidung erzwingen, und dann die Frau heiraten wollen!

Sidney. Es ist doch das Einzige, was einem anständigen Manne zu thun bleibt, wenn eine Dame unglücklicherweise durch ihn kompromittiert wurde.

General. Ja ja ja ja! Sei Du froh, daß der Professor vernünftiger war als ihr Beide. Einen bessern Dienst hätte er Dir nicht thun können, als indem er Deine sofortige Versetzung verlangte. Ich habe Respekt vor dem Manne. Er wird seine Frau wohl besser kennen als Du. — Laß einen andern hübschen Kerl an Deine Stelle treten und Du wirst sehen, Frau Daniela fängt mit dem dieselbe Komödie an.

Sidney (springt auf). Papa, ich muß Dich ernstlich bitten nicht in diesem Tone von einer Dame zu sprechen, die über jeden Verdacht leichtfertiger Koketterie hoch erhaben ist. Ich habe es Dir damals gleich gesagt und ich wiederhole es Dir jetzt auf Ehrenwort, daß unser Verhältnis rein geistiger Natur gewesen ist. Ich habe eben nie vorher eine Frau von so hervorragender Begabung kennen gelernt und so ist es doch....

General. Na ja, na ja! Aber die Frau von Geist kannst Du doch auch so genießen, ohne daß Du Dich darum mit aller Welt brouillierst und womöglich gar Deine Zukunft auf's

Spiel setzest. Du bist ja doch ein gescheidter Kerl und kein grüner Junge mehr. Du kennst die Welt, das Leben — na und ich denke, die Frauen doch auch! Ich meine, da wärst Du reif genug, um eine vernünftige Wahl zu treffen.

Sidney (einen leichteren Ton anschlagend). Du höre, Papa, das klingt ja fast, als ob Du mit Herrn von Villiers ein Complott geschlossen hättest. Ihr wollt mich wohl verkuppeln, um mich unschädlich zu machen?

General. Was Tausend? War das seine Mission? Hat er am Ende schon jemand in petto?

Sidney. Nein, er wollte mich vorläufig nur an den Hof ziehen.

General (erhebt sich, geht ein paar Schritte und legt dann Sidney die Hand auf die Schulter). Du solltest Dir die Sache doch reiflich überlegen. Ich meine eine vernünftige Heirat. Nein, nein, nein, schneide mir keine Gesichter. Die Frage verdient ernst genommen zu werden.

Sidney. Die Frage würde ich unter allen Umständen ernst nehmen, Papa, aber ich weiß schon, was ihr eine vernünftige Heirat nennt — ein Kaufgeschäft ohne Beteiligung von Herz und Hirn.

General. Mein lieber Junge, das sind Redensarten. Ich war ein armer Teufel von Premierlieutenant, als ich Deine Mutter kennen lernte. Sie war wohlerzogen und untadelhaft in jeder Beziehung — mehr wußte ich nicht von ihr. Alle Welt sagte natürlich, daß ich die hübsche Engländerin ums Geld nähme, denn ihre Eltern lebten in einem Stile, den sich bei uns in Deutschland nur sehr reiche Leute erlauben dürfen. Aber wenn ich gewußt hätte, wieviel sie thatsächlich mitkriegte, dann hätte ich mich nie zu der kolossalen Unverschämtheit aufgeschwungen, mich um sie zu bewerben. Aber sie war mir von Herzen gut und machte mir die Sache leicht. Die wirkliche Liebe aber, die uns beiden das Leben verklärte und euch Kindern eine so glückliche Jugend bereitet hat, die ist erst in der Ehe gekommen. — Siehst Du, das war auch eine Vernunftheirat.

Sidney. Ja Papa, mit solchen außerordentlichen Glücksfällen darf man aber doch nicht rechnen.

General. Das hast Du ja auch nicht nötig. Für den großen Geldbeutel habe ich ja schon gesorgt. Mein Sohn hat es jetzt gut, der kann auf die Kirchenmäuse Jagd machen, haha! (Er pufft ihn freundschaftlich.)

Adam (kommt von hinten mit den gekauften Eßwaren auf einem Tablet. Deckt während des Folgenden den Tisch für vier Personen).

General (nickt ihm zu). Morgen, Adam!

Adam (stellt rasch das Tablet weg und nimmt militärische Haltung an). Morgen, Excellenz!

General (geht auf und ab und beobachtet vergnügt lächelnd den nachdenkend dastehenden Sidney. Dann nimmt er ihn unter den Arm und führt ihn ganz nach links vorn). Du, weißt Du, alter Junge, Du hältst mich doch nicht für so'n alten Esel, daß ich gegen ein armes Mädel was einzuwenden haben sollte? Aber au contraire, selbstverständlich! So'n süßes junges Dingelchen, hübsch, vornehm, amüsant u. s. w., u. s. w. — wünsche mir garnichts besseres.

Sidney (drückt dem General lächelnd die Hand). Mein lieber Papa, Du bist so gut — ich weiß nicht...

Adam (geht hinaus).

Sidney. Ich glaube, Ihr laßt Euch doch ein bischen täuschen von der Kleinen. Mir kommt sie etwas — abenteuerlich vor.

General. Ach was, schäme Dich — wer wird so mißtrauisch sein! Stelle sie Dir nur einmal recht lebhaft vor. (Mit malender Geste.) Da steht sie, nett, was? Appetitlich! Und dann auf der anderen Seite die reife Frau...

Sidney. Reife Frau! Ich glaube, sie ist noch nicht einmal dreißig. Jedenfalls sieht sie jünger aus.

General. Thut nichts. Sie ist doch thatsächlich so ungefähr in Deinem Alter. Und dann der zerstörte Ruf!

Sidney. Papa!

General. Eine geschiedene Frau hat immer einen zerstörten Ruf. Außerdem! sie bringt Dich in eine schiefe Stellung, ist Dir in der Carrière hinderlich und... und — (Man hört draußen Frauenstimmen reden, er lauscht einen Augenblick und fährt dann sehr vergnügt fort.) Na, u. s. w. Und nun sieh Dir mal die Andere dagegen an.

Daniela Weert. 2

5. Auftritt.

Vorige. Harriet. Lilli von Tönnies.

Adam (indem er die Damen hinten eintreten läßt). Jawohl,
Excellenz sind auch schon da. (Hat eine Flasche Weißwein mitgebracht,
stellt sie auf den Tisch und deckt während des Folgenden weiter.)
Harriet (große stattliche Erscheinung, etwa 35 Jahre, rasche energische
Bewegungen, etwas derb, auch in der Sprache, dabei aber doch vornehm. In
englischem Geschmack, etwas burschikos gekleidet). So, da wären wir.
Tag, Sibby! (Geht auf ihn zu, reicht ihm die Hand und bietet ihm die
Wange.)
Sidney. Tag, Harriet! (küßt sie flüchtig, dann auf Lilli zu,
der er die Hand schüttelt.) Das ist aber wirklich reizend von Ihnen,
mein gnädiges Fräulein, daß Sie mein bescheidenes Jung=
gesellenheim ...
Lilli (sehr hübsches schlankes Mädchen von 22 bis 23 Jahren, die sich
jedoch in Kleidung, Frisur und im ganzen Wesen jünger zu machen bestrebt.
Keine Naive, sondern eine jugendliche Intrigantin). O Sie, das ist aber
unbescheiden, wenn Sie das bescheiden nennen! (Läuft auf den
General zu, knixt, patscht in seine ausgestreckte Hand.) Tag, Onkelchen.
(Zu Sidney.) Wir haben nämlich auf „Onkelchen" und „Lilli"
poktiert.
General. Jawohl, und Morgens und Abends krieg ich
einen Kuß. Bei außergewöhnlichen Gelegenheiten auch Mittags
— wie zum Beispiel heute. (Umfaßt sie rasch und will ihr einen Kuß
aufdrücken.)
Lilli (biegt sich weit ab und droht ihm schelmisch). Onkelchen, die
außergewöhnlichen Gelegenheiten habe ich zu bestimmen.
Paragraph drei. (Sie macht sich los und tänzelt rückwärts von ihm weg.)
Sidney. Dann stehen wir also auf Vetter und Bäschen.
Sie wissen, Vettern haben ganz unheimliche Rechte — haha!
Mir schwindelt, wenn ich mir das alles vorstelle.
Lilli (hält sich die Ohren zu und läuft zu Harriet). Sag ihm, er
darf nicht unartig sein, sonst lauf ich gleich wieder fort.
Harriet. Ja, aber erst wollen wir mal was zu essen
haben. Ich habe einen Bärenhunger. Zwei Stunden
shopping gewesen, Kleider ausgesucht. Das ist das Einzige,
was mir auf die Nerven schlägt. (Sie legt dabei Hut und Jaquet ab.)

Sidney (während er ihr die Sachen abnimmt zu Adam). Beeilen Sie sich. Sind Sie noch nicht bald fertig?

Adam. Gleich, Herr Baron.

Lilli (zu Adam ans Büffet tretend). Sie, ich werde Ihnen helfen. Wo ist das Silberzeug? (Zieht sich die Handschuhe ab und knöpft sich rasch die Jacke auf.)

Adam (zieht eine Schublade auf und holt Bestecke hervor).

Sidney. Wollen Sie denn nicht erst ablegen, Cousinchen?

Lilli. Nein, nein, nein, nein, erst müssen die hungrigen Herrschaften befriedigt werden. (Hantiert mit koketter Beweglichkeit um den Tisch, Bestecke auflegend c.)

Sidney (trägt Harriets Sachen hinaus und hängt sie im Corridor auf). O, Sie verwöhnen uns.

Harriet. Ich muß mich einen Augenblick ausstrecken. Du erlaubst wohl, Brüderchen? Keine Bange, ich habe Galoschen angehabt. (Wirft sich auf den Divan und streckt sich.) Ah — Du, Dein Divan ist das verführerischeste Möbel meiner Bekanntschaft. Ich glaube, Du bist ein raffinierter Faulenzer, Siddy.

Sidney (zurückkehrend). O, erlaube! Das königliche Ministerium sorgt recht brav für Beschäftigung.

General (zu Harriet). Ja Du, da muß ich ihn in Schutz nehmen. Fleißig ist er. Ihr Frauenzimmer denkt immer, so'n eleganter junger Herr hätte nichts zu thun, als auf dem Lotterbett zu liegen und von neuen Eroberungen zu träumen.

Hariett. Na weißt Du, überanstrengt siehst Du auch nicht aus, my boy. Das gehört so dazu, ein bischen mit der Arbeit renommieren.

Lilli (ein silbernes Salzfäßchen auf den Tisch stellend). Nein, die Salzschippchen sind doch aber wirklich zum Küssen. (Küßt einen Salzlöffel.)

Harriet. Du Kindskopf! Siddy, wenn Du galant sein willst, so mußt Du Dir nachher den ganzen lunch (das ganze Frühstück) versalzen. — Du, wann reiten wir denn mal wieder zusammen? Die Lilli hat jetzt bei mir Unterricht und verwöhnt mir meine alte Diana gräßlich.

Lilli. Ach Gott, Ihre Schwester ist zu streng — oder ich bin zu dumm — ich weiß nicht.

General. O nein, es geht schon ganz gut.

Sidney. Das ist ja reizend. Da machen wir mal eine kleine Kavalkade. Ich komme nach Wannsee hinausgeritten. Papa muß auch mitthun.

Harriet. Natürlich — und mit mir vorausreiten! Ihr zottelt dann hübsch langsam nach; nicht wahr?

Lilli (in der Mitte, ihr Kleid erfassend mit kokettem Knix). Messieurs et mademoiselle, vous êtes servis.

Sidney. Ah bravo, mein gnädiges Fräulein! (Bietet ihr den Arm und geleitet sie zu Tische.) Aber Sie werden doch ablegen. (Nimmt ihr Jacke und Hut ab und legt sie auf den nächsten Stuhl.)

Lilli. Danke sehr.

General (reicht Harriet die Hand). Dann sind wir also zweites Paar.

Harriet (springt auf). Hoppla!

(Sie setzen sich zu Tische, Lilli rechts, Harriet links, der General hinten und Sidney vorn. Adam servirt.)

Sidney. Ah, Papa, willst Du die Pastete nicht versuchen?

General. Nein, danke, ich kann überhaupt nicht mitthun. Ich habe mich mit dem alten Ejebeck verabredet. Der hat sich heute bei Majestät gemeldet. Du weißt doch, er hat die elfte Division gekriegt — lange genug darauf warten müssen.

Sidney. Ja, wollt Ihr denn auch frühstücken?

General. Natürlich. Ejebeck frühstückt überhaupt immer, wenn er mal nach der Residenz kommt. Ein Glas Mosel kannst Du mir geben.

Sidney (schenkt ihm ein. Zu Harriet). Du ziehst immer noch Burgunder vor, nicht wahr?

Harriet. Gewiß. I stick to my colour.

Sidney (zu Lilli). Und Sie, Gnädigste?

Lilli. Nur nichts, was zu Kopfe steigt, bitte.

Harriet. Also Burgunder. Der macht das Herz warm und geht in die Beine.

Lilli. O! (Thut verschämt, und schlägt nach ihr mit der Serviette.)

General (auf Harriet deutend, lachend). Sie meint immer Füße, wenn sie Beine sagt.

Sidney. O Harry! Was würde Miß Popkins sagen? (Zu Lilli.) Das war nämlich unsere englische Gouvernante. Eine Dame mit einem imposanten Knochengerüst. Aber Gott sei Dank, unsere feine zarte Frau Mama war doch die Stärkere.

Harriet. Ja, und außerdem das Blut derer von Veldegg. Daran prallten selbst die Grundsätze der Popkinse ab. Prosit, Väterchen. (Sie stößt mit dem General an.)

Sidney. Jawohl Papa, Du sollst leben! Hip, hip, hip — hurrah!

General. Danke, danke, Kinder,

Lilli (erhebt ihr Glas). Darf ich auch dabei sein?

General (mit ihr anstoßend). Aber gewiß, so, dreimal — kling, kling, kling. Sollte mir eine ganz besondere Freude sein, wenn unsere Lilli sich schon ein wenig als zu uns gehörig zu fühlen gelernt hätte.

Lilli. Sie sind so gut — ich weiß gar nicht wodurch ich das verdient habe. Ich bin Ihnen überhaupt so ohne alle Berechtigung ins Haus gefallen. Liebe Harriet! (Hält ihr das Glas hin.)

Harriet (stößt mit ihr an). Waisenkinder sind zu allem berechtigt.

General. Jawohl, Fortunas Handlanger.

Lilli. Wieso?

General. Na, die werden doch bekanntlich angestellt, um die Glücksnummern aus der Urne zu ziehen.

Harriet (zieht Sidney zu sich heran und flüstert ihm ins Ohr). Nun höre blos — Papa läutet die Hochzeitsglocken in allen Tonarten.

General. Na Sidby, willst Du nicht auch mit ihr anstoßen?

Sidney (erhebt sein Glas). Darf ich mir erlauben? Auf gute Vetternschaft!

Lilli (stößt mit ihm an, schelmisch). Wozu verpflichtet die?

Sidney. O, reizende Waisenmädchen haben überhaupt nur Rechte, keine Pflichten.

Lilli (deckt ihre Hände über das Gesicht). O Gott, o Gott, wie werde ich verwöhnt!

Harriet. Deine Pastete ist wirklich famos. Iß doch, Sidby — sonst mache ich mir Gedanken.

General. Hahaha! Der hat noch garnichts angerührt, wahrhaftig.

Sidney (will ihm einschenken). O, ich... Nimmst Du nicht noch ein Glas, Papa?

General. Nein, danke. Ich muß fort. (Sieht nach der Uhr.) Herrgott, es ist die höchste Zeit! (Erhebt sich rasch, die

Andern gleichfalls. (Er drückt Lilli auf ihren Stuhl nieder.) Nein, nein, Kinder, laßt Euch nur nicht stören! Sidney (giebt Adam einen Wink). Excellenz die Sachen bringen. Adam (ab hinten, erscheint gleich darauf wieder mit Hut, Stock und Ueberzieher des Generals).
General. Also heute Abend sehen wir uns wohl alle im Theater wieder?
Sidney. Wo wollt Ihr denn hingehen?
Harriet. Papa hat Billets zum Opernhaus genommen. Du kommst doch mit?
Sidney. Ich wollte eigentlich heute arbeiten.
Harriet. Ach, das kennt man. Eigentlich willst Du immer arbeiten. Du wirst schon mitkommen. Nicht wahr, Lilli? Er wird schon mitkommen!
Lilli. Ach ja, bitte, bitte!
Sidney. Wenn ich's irgend möglich machen kann. (Hilft seinem Vater in den Ueberzieher.)
Harriet. Wir haben übrigens heute noch ein zweites Rendez-vous bei Dir verabredet. Wir haben noch einige Besorgungen.
General. Schneiderin, natürlich.
Harriet. Ja natürlich, Schneiderin. Und dann macht Lilli noch allein ein paar Besuche ab. Nach sechs treffen wir uns dann wieder hier und machen etwas Toilette zum Opernhaus. Unsere Handtaschen haben wir draußen deponirt. Du erlaubst doch?
Sidney. Aber gewiß.
General (reicht ihnen Allen die Hand). Also, abieu Kinder. (Zu Sidney.) Das wird wohl heute eine schwere Sitzung werden, haha! Der alte Ejebeck kennt keine Schonung. Hoffentlich kann ich mich 'n bischen früher drücken. Und dann erlaubst Du vielleicht, daß ich mich hier (deutet auf den Divan) etwas — sammle für den Kunstgenuß des Abends. (Im Abgehen.) Excellenzen genießen zwar das Vorrecht im Opernhause schlafen zu dürfen, aber ich möchte doch nicht zu den ganz dekrepiden alten Schneesiebern gerechnet werden, hahaha! (Ab, von Sidney und Adam begleitet.)
Lilli (sich im Zimmer umsehend). Ach, ist das hier reizend!

Harriet. Hm, ja — der Hausherr hat Geschmack. Magst Du ihn leiden?
Lilli. Ach ja, die dunklen schweren Stoffe finde ich entzückend.
Harriet. Ich meine nicht die Stoffe, sondern den Hausherrn.
Lilli. Ach — Du! (Macht sich eifrig an das Essen.) Die Pastete ist wirklich ganz ausgezeichnet.
Sidney (kommt wieder herein, Adam will ihm folgen). Lassen Sie nur, wir bedienen uns allein.
Adam. Befehlen, Herr Baron. (Ab.)
Harriet. Du, Sibby, Lilli bewundert Deine Draperien und Deine Pastete.
Sidney (setzt sich wieder an seinen Platz und beginnt rasch zu essen). Ach so — richtig — die Pastete. Damit Du nicht wieder anzüglich wirst, Harriet.
Harriet. Darf ich zu den Süßigkeiten übergehen?
Sidney. Bitte — geniere Dich nicht. (Zu Lilli.) Aber Sie leisten mir doch bei der Pastete Gesellschaft, nicht wahr? Sie können doch unmöglich schon satt sein. (Bietet ihr die Schüssel an.)
Lilli. Nein, danke sehr. Wenn Sie erlauben, möchte ich auch gleich zu den Süßigkeiten übergehen.
Harriet. Das glaub ich. Du solltest doch anständigerweise etwas mehr Appetit heucheln, Lilli.
Lilli (macht ein weinerliches Gesicht). O — aber!
Sidney (zu Lilli). Nicht wahr? Ja! Wir wollen gar nicht mit ihr reden.
Lilli (springt auf und holt vom Büffet zwei Dessertteller, welche sie für Harriet und sich selbst hinstellt und gegen die abgegessenen Teller austauscht) O bitte!
Sidney. Aber wir können ja den Adam....
Lilli. Nein, lassen Sie nur, das macht mir ja so viel Vergnügen. Wissen Sie, einmal in solche Garçonwirtschaft hinein zu gucken, das ist zu nett.
Sidney. Und so reizend bedient zu werden, das ist vollends gar...
Harriet. Iß Sibby, Du bist ja noch nicht bei den Süßigkeiten.

Sidney (zu Lilli). Nun sehen Sie, wie ich in meinem eigenen Hause behandelt werde von meiner eigenen Schwester!

Harriet. Dazu sind ja Schwestern da.

Lilli. Um ihre Brüder schlecht zu behandeln? O!

Harriet. Ja gewiß, das heißt nämlich: um ihnen eine Ahnung von dem Ernst des heiligen Ehestandes beizubringen. Denke doch bloß mal an, Lilli — wenn der arme Mensch aus seinem luxuriösen Junggesellenheim mit allen seinen — hm hm — Heimlichkeiten zu unvermittelt in den Ehestand hinein springen wollte! Da müßte er sich doch wie aus dem Paradies vertrieben vorkommen.

Sidney. Du bist wirklich zu menschenfreundlich. (Zu Lilli.) Müßte es nicht furchtbar interessant sein, die als Braut zu sehen? Wenn Sie schon für ihren Bruder soviel Uneigennützigkeit übrig hat, wie müßte sie da erst mit einem Bräutigam umspringen!

Lilli. O seien Sie doch nicht so unartig.

Harriet. Nein, nein, er hat ganz Recht. Einen Bräutigam würde ich dermaßen malträtiren, daß er nachher in der Ehe nur noch angenehme Ueberraschungen erleben könnte, wenn er wirklich die Courage nicht schon vorher verloren hätte.

Sidney. Großes, edles Herz! (Erhebt sein Glas.) Ich trinke auf den furchtlosen Helden, der einmal den Mut haben wird, durch das Fegefeuer Deiner Ehrlichkeit bis zu Deiner Liebenswürdigkeit durchzudringen.

Harriet. Danke, das hast Du hübsch gesagt; aber der Fall ist glücklicherweise ausgeschlossen.

Lilli. Wieso?

Harriet (ironisch). Das Fräulein lispelt schon wieder „wieso" — Ach Gott, liebe Unschuld — weil ich nicht mag. Die Männer sind nur als Kameraden zuverlässig — und auch dann nur, wenn die Frau danach ist.

Lilli (zu Sidney). Ist das wahr?

Sidney. Harriet liebt das Generalisieren - als Generalstochter — pardon! Ich würde Ihnen raten, sich darauf nicht einzulassen, sondern lieber den einzelnen Fall zu studieren.

Harriet. Bravo! Der nächste beste Mann ist gerade gut genug dazu.

Lilli (hat eine Mandel aufgeknackt). Ach — ich habe ein Vielliebchen! Harriet, wollen wir? (Bietet ihr die Mandeln an.)

Harriet (wehrt ab). Wir Mädchen untereinander? Das thut man doch nur im äußersten Notfall.
Sidney. Wollen Sie es nicht mit mir wagen?
Lilli. Mögen Sie wirklich? (Hält ihm die Mandel mit gespitzten Fingern nah an den Mund.)
Sidney (ergreift sie mit den Zähnen). Also worauf?
Lilli. J'y pense! (Ißt ihre Hälfte.)
Sidney. Schön. Und der Sieger darf den Preis bestimmen.
Lilli. Nein, nein, nein, nein, das thu' ich nicht.
Sidney (ergreift rasch ihre Hand, streichelt und küßt sie). Bitte, bitte schön!
Harriet. Habt Euch nicht, Kinder. (Sie steht auf.) Du, Sibby, kann ich mir bei Dir die Hände waschen?
Sidney (drückt Lilli rasch noch einmal die Hand). Also abgemacht. (Zu Harriet.) Ja, gewiß; willst Du nicht hinüber ins Fremdenzimmer gehen? Bei mir ist noch nicht ganz . . . (Er geleitet sie nach der Thür hinten.)
Harriet (ihm ins Ohr). Du denkst wohl, ich werde horchen? — Du --- Du! Also spute Dich — ich bin so spät wie möglich wieder da. (Rasch ab.)

6. Auftritt.

Sidney. Lilli. (Zuletzt) Harriet.

Lilli (will Harriet nach). O — ich will doch auch . . .
Sidney (ergreift sie im Vorbeigehen rasch bei den Händen). Cousinchen — nicht doch. Wollen Sie mir nicht eine einzige Minute des Alleinseins gönnen? (Er hält ihre Hände fest und blickt ihr zärtlich in die Augen.)
Lilli (hält den Blick errötend aus, schlägt dann langsam die Augen zu Boden. Nach einer kleinen Pause). Sie wohnen wirklich zu reizend! Wieviel Zimmer haben Sie denn?
Sidney (sie immer noch festhaltend). Drei, mein Fräulein. Dies ist mein Salon, Studier= und Speisezimmer, alles in einem! Dort ist mein Schlafzimmer und draußen über dem Gang habe ich noch ein kleines Fremdenzimmer. Wissen Sie, für den Fall, daß meine Wannseer Herrschaften sich einmal

so gut amüsieren, daß sie den letzten Zug versäumen. Papa hat sogar einen Korridorschlüssel. Und dann ist noch die Kammer für meinen Diener und die Küche. Voilà tout!

Lilli. Wer kocht Ihnen denn?

Sidney. Niemand! Ich führe nur kalte Küche. Um warm zu speisen, muß ich ins Restaurant gehen. Wissen Sie, was ein Restaurant ist? Oder gar eine Table d'hôte?

Lilli. Komische Frage. Ich bin doch zwei Jahre lang mit meiner Mama herumgereist. Da haben wir von der Table d'hôte gerade genug gekriegt.

Sidney. Nun, da sehen Sie es; nach zwei Jahren schon! Ich gehe bereits ins zehnte! Bitte um stilles Beileid.

Lilli. Warum nicht gar! Wenn Ihnen überhaupt noch irgend etwas zur vollkommenen Behaglichkeit fehlt, so sind Sie doch nur selbst daran schuld. Sie können doch alles haben, was Sie wollen, Sie Beneidenswerter.

Sidney (sie an beiden Händen näher an sich heranziehend). Beneidenswert! Ja, das wäre ich, wenn ich eines ganz genau wüßte.

Lilli. Aber, warum halten Sie mich denn so fest? Ich möchte mich doch gern ein bischen umsehen hier. Darf ich?

Sidney. Aber gewiß! (Läßt sie los.)

Lilli (geht nach links hinten und betrachtet die Dekorationsstücke über dem Paneelsopha). Waren Sie da überall, wo das her ist?

Sidney. Ja, die meisten Sachen hab' ich mir selbst mitgebracht, nur der indische und japanische Kram sind fremde Federn.

Lilli. Ach · · und das prachtvolle Sofa! (Läßt sich darauf fallen und wippt.) Ach, ist das lustig!

Sidney (setzt sich zu ihr und legt die Hand um ihre Taille). Sie liebes Kleines . . .

Lilli (entschlüpft ihm rasch nach links hinter dem Tisch hervor und setzt sich auf den nächsten Polsterstuhl). Nein, das gilt nicht, mein Herr.

Sidney (kommt ihr nach und will die Arme auf ihre Schultern legen). Sie sollen mir ja eine Frage beantworten.

Lilli (entzieht sich ihm wieder rasch und setzt sich auf den nächsten Stuhl). Einer immer üppiger als der andere. Wenn ich hier wohnen dürfte, ich glaube, ich thäte den ganzen Tag nichts, als mich räkeln wie ein alter Dachs in der Sonne.

Sidney (ihr wieder nach, lachend). O, ich wüßte schon noch Beschäftigung für Sie. (Da sie ihm wieder entschlüpft und sich auf den dritten Fauteuil setzt.) Danke schön. So ist es recht, jetzt haben Sie mir alle meine Möbel geweiht. Jetzt werden sie erst anfangen, mir so recht behaglich und lieb zu werden. Nun bitt' ich aber auch um Ihren Segen für meinen Divan hier. (Nimmt sie bei der Hand, führt sie vor den Divan.)

Lilli (kokett). Nein, vor dem fürcht' ich mich. Vor dem hat Harriet schon gewarnt.

Sidney. So, dann hat er Ihren Segen um so nötiger, damit das Odium von ihm genommen werde.

Lilli. Odium, was ist denn das?

Sidney (ihr in's Ohr, zärtlich). Odium? Das ist das Gegenteil von dem, was ich für Sie empfinde.

Lilli (tritt rasch vor den Schreibtisch). Also von hier aus lenken Sie die Geschicke des Vaterlandes?

Sidney (ihr nach, lachend). Lieb' Vaterland kann ruhig sein. Gegenwärtig habe ich die Berichte über die Altfräuleinstifte im ganzen Staate zu bearbeiten.

Lilli. Ach, das ist ja reizend! Da muß man sich also wohl an Sie wenden, wenn man für seine alten Tage ein warmes Plätzchen sucht.

Sidney. Ja bitte, wenden Sie sich nur vertrauensvoll an mich. Vielleicht kann ich Ihnen das warme Plätzchen auch schon früher verschaffen.

Lilli. Ach, da wimmelt es gewiß hier immer von alten adeligen Jüngferchen, die von dem hochgebietenden Herrn Assessor eine Audienz erlangen möchten.

Sidney. Um Gotteswillen, bringen Sie das nicht herum in den betreffenden Kreisen! Sie machen mich unglücklich. Süße kleine Lilli, das müssen Sie mir versprechen ...

Lilli (ergreift den Rahmen mit dem Damenporträt). Wer ist denn das?

Sidney (verlegen). O, das ist eine Dame, die ich ..... in deren Hause ich viel verkehrt habe; eine sehr geistvolle Frau.

Lilli (Sidney etwas von der Seite ansehend). Und eine schöne Frau, scheint es; nur einen etwas herben Zug um den Mund. Oder ist sie leidend?

Sidney (nimmt ihr das Bild aus der Hand und stellt es wieder hin). Ich glaube nicht.

Lilli. Dann ist es wohl nur, weil sie nicht mehr ganz jung ist. Für manche Männer sollen gerade solche Frauen von vier-, fünf-, sechsunddreißig Jahren den gefährlichsten Reiz haben.

Sidney (etwas verstimmt lächelnd). Nun, ein so gefährliches Alter hat diese Dame glücklicherweise noch nicht erreicht. (Tritt von ihr fort und ordnet die Kissen auf dem Divan. Kleine Pause.)

Lilli (thut, als ob sie die Gegenstände auf dem Schreibtisch weiter aufmerksam besichtige, beobachtet aber dabei lauernd Sidneys Miene. Sobald er sich ihr wieder zuwendet, ergreift sie einen Federhalter und hält ihm den entgegen). Und mit dieser Feder schreiben der Herr Baron seine zahlreichen Liebesbriefe, nicht wahr?

Sidney (über den Schreibtisch gebeugt, von hinten). O nein! Die Liebesbriefe gedenke ich mit diesem Instrument zu verfassen. (Reicht ihr einen anderen Federhalter von absonderlicher Form hin). Sie sehen, er ist noch unbenutzt.

Lilli (nimmt ihm den Federhalter aus der Hand, während sie den anderen fortlegt). O, Sie Heuchler! Ich soll doch nicht etwa glauben ...

Sidney (mahnend). J'y pense!

Lilli. Ach Gott, wie dumm, jetzt hab' ich schon verloren!

Sidney (geht rasch hinter dem Schreibtisch herum und tritt dicht hinter sie). Ja, verloren! Und der Sieger hat den Preis zu bestimmen.

Lilli (schwach abwehrend). Nein, nein, nein, wir haben nichts ausgemacht.

Sidney. Doch, doch, doch, so haben wir es ausgemacht! (Er umfaßt sie rasch, biegt ihren Kopf rückwärts zu sich und küßt sie.)

Lilli. O, Herr von Velbegg! — Das ist grausam! (Sucht sich loszumachen.)

Sidney. Mich so zu nennen ist auch grausam, Fräulein von Tönnies.

Lilli (beugt verschämt den Kopf über die Lehne des Sessels. Nach kleiner Pause schmachtend aufblickend und lächelnd). Wie kann man sich nur so lange die Hände waschen!

Sidney. Harriet? Die wäscht eben ihre Hände in Unschuld. (Will sie wieder umfassen.)

Lilli (entzieht sich ihm). O Sie! — Aber die soll wenigstens nicht zusehen. (Sie dreht rasch das Damenporträt herum.)
(Man hört draußen Harriet laut mit Adam reden.)
Lilli (erschrickt und eilt nach dem Speisetisch). Ach Gott!
Sidney (ihr rasch nach, umfaßt sie, flüstert ihr zu). Liebe süße Lilli! Können wir uns denn nicht einmal ein Viertelstündchen wenigstens allein …
Lilli. Nein, nein, nein! Was denken Sie von mir!
Sidney. Lilli, ich bitte Sie! Sie machen ja Ihre Besuche heute Nachmittag allein. Da kommen Sie etwas früher als die Anderen. Das fällt ja garnicht auf. Den Adam schicke ich fort und Sie klingeln auf besondere Art: Dreimal kurz hintereinander, damit ich weiß, daß Sie es sind.
Lilli. Nein, auf keinen Fall.
Sidney. Doch, süße Lilli, doch! (Er ergreift sie beim Kopf und küßt sie rasch.)
Harriet (draußen, laut). Also um halb sieben Uhr eine Droschke nach dem Opernhause.
Lilli (setzt sich rasch auf den Platz, den sie beim Essen inne hatte und drückt ihre in Unordnung gekommene Frisur in den Händen zurecht). Ach Gott, ich bin ja ganz zerzaust!
Sidney (setzt sich gleichfalls an seinen alten Platz). Also nicht vergessen! Klingling, klingling, klingling! (Stößt dreimal mit seinem Weinglas an das ihrige.)
Lilli (führt, als Harriet eintritt, sehr rasch eine Dattel zum Munde).
Harriet (durch die Mitte, bereits angezogen). Na, Herrschaften — immer noch bei den Süßigkeiten? Du, Lillichen, jetzt dürfen wir uns aber nicht mehr aufhalten, wenn wir unser Programm durchführen wollen. Hast Du genug schnabuliert?
Lilli (springt auf). Ja, danke. Bin ganz satt.
Sidney (sich gleichzeitig erhebend, drückt ihr die Hand). Also gesegnete Mahlzeit, mein gnädiges Fräulein.
Lilli. Und schönen Dank für freundliche Bewirtung. Wo habe ich denn meine Sachen?
Sidney. Hier, bitte! (Nimmt ihre Jacke vom Stuhle und ist ihr beim Anziehen behülflich.)
Harriet (rasch auf Lilli zu). Wie siehst Du denn aus, Kind? Ihr seid Euch wohl in die Haare geraten? (Ergreift ihren Kopf und steckt ihr die Frisur zurecht, dann lehnt sie einen Augenblick ihre Wange an die Lillis. Du glühst ja! Ist das der Burgunder?

Lilli. Ich weiß nicht — es ist so heiß hier. (Sie setzt sich den Hut auf.)

Harriet. Ja, nicht wahr? Bei Sibby geht den ganzen Tag das Feuer nicht aus. — Na, komm' fix, die frische Luft wird Dir gut thun. Also, auf Wiedersehen, Brüderchen.

Sidney (reicht ihr die Hand). Auf Wiedersehen heut' Abend und danke Dir sehr, daß Du Deinen reizenden Besuch mitgebracht hast. Es war wirklich — sehr nett!

Harriet (lachend). Scheint so! Also Du kommst mit ins Opernhaus?

Sidney (lachend). Ja, ich sollte zwar heute Abend (auf die Alten deutend), die alten Fräulein bearbeiten. Aber wenn die jungen Fräulein befehlen, dann kann ich natürlich nicht... (Geleitet die Damen nach der Thür.)

Harriet. Ed!er, aufopfernder Mensch! Wenn das Vaterland lauter solche eifrigen Diener hätte... (Das Gespräch verliert sich draußen. Die Bühne bleibt einen Augenblick leer.)

7. Auftritt.

Sidney. Adam.

Adam (tritt hinten herein, geht nach dem Speisetisch, sieht sich nach der Thür um und trinkt dann rasch Lillis Glas aus. Schickt sich an, abzuräumen. Lacht über's ganze Gesicht).

Sidney (tritt hinten auf, sehr vergnügt, pfeift vor sich hin).

Adam. Ich kann wohl abräumen?

Sidney. Jawohl — das heißt, ich möchte eigentlich... ich bin nicht viel zum Essen gekommen — Was haben Sie denn? Sie grinsen ja über's ganze Gesicht!

Adam. Ja, wenn so schöne junge Fräuleins bei Tische sitzen, Herr Baron, da vergißt man auf's Essen.

Sidney (gutmütig lachend). Sie Schlingel, was fällt Ihnen denn ein!

Adam. Entschuldigen Herr Baron, ich freue mich nur, wenn Herr Baron angenehme Gesellschaft haben.

Sidney (geht zum Tisch, spießt stehend noch ein Stück Pastete oder dergleichen auf die Gabel und ißt es). Danke, das ist ja sehr freundlich von Ihnen! — Ist mein Schlafzimmer schon aufgeräumt?

Adam. Jawohl, Herr Baron. (Es klingelt.) Sind Herr Baron zuhause?

Sidney. Nein, für niemanden, wenn es Besuch ist.
Adam (durch die Mitte ab).
Sidney (schenkt sich rasch ein in Lillis Glas, trinkt aus).
Adam (mit verschmitztem Gesicht herein). Herr Baron, da ist noch eine schöne junge Dame.
Sidney (ärgerlich). Ich bin doch für niemanden zuhause. Kennen Sie denn die Dame?
Adam. Ich weiß nicht, sie hat 'n schwarzen Schleier vor.
Sidney. Hat sie Ihnen denn keinen Namen genannt?
Adam. Nein, sie meinte, Herr Baron kennten sie sehr gut, ich sollte nur sagen: aus Königsberg.
Sidney (zuckt zusammen). Aus Kö... (Giebt Adam einen Wink.)
Adam (öffnet die Hinterthür und läßt Daniela eintreten). Herr Baron läßt bitten.

8. Auftritt.
Sidney. Daniela Weert.

Sidney (zu Adam, auf den Tisch deutend). Lassen Sie das einstweilen; ich werde klingeln.
Adam. Befehlen Herr Baron. (Ab.)
Sidney (zögernd ihr entgegen). Ist es möglich — Sie, gnädige Frau?
Daniela (schöne, jugendlich elegante Frau von etwa 30 Jahren in einfachem, aber geschmackvollem Reiseanzug. Schlägt ihren schwarzen Schleier zurück und fliegt Sidney um den Hals). Nein — ich bin's!
Sidney (faßt zaghaft seine Arme um sie legend). Ja — ich begreife immer noch gar nicht — Daniela — Daniela, wirklich Du?
Daniela. So drück' mich doch nur, wenn Du es nicht glaubst. Ich bin wirklich kein Gespenst — ich bin ganz massiv. (Schmiegt sich eng an ihn und schaut ihm in die Augen.) Wie er mich anschaut! Total vergessen hat er mich, nicht wahr? Hat Mühe, sich zu erinnern an die — wie hieß sie doch gleich — Professorsfrau in Dingsda.
Sidney (sie immer noch festhaltend und anstarrend, verwirrt). Daniela? — Daniela?!
Daniela (nimmt seinen Kopf zwischen ihre Hände und schüttelt ihn zärtlich). Weiter nichts? Nach einer Trennung von sechs Monaten? Ein bischen anders habe ich mir das Wiedersehen schon vorgestellt.

Sidney (wie vorher). O, entschuldige. Das ist mir ja wie ein Traum, daß ich — Dich hier vor mir sehe! Ich begreife immer noch nicht ... wo kommst Du denn her?

Daniela (lachend). Ja, von Königsberg, aus dem schrecklichen, langweiligen Königsberg komme ich. Ich bin die Nacht durchgefahren, aber natürlich kein Auge zugethan vor Aufregung — und nun bin ich da! Meine Sachen hab' ich auf dem Bahnhof gelassen und bin geschwind her zu Dir — nur um zu fragen, ob Du mich haben willst — ob Du mich noch ein ganz klein wenig lieb hast, Du langweiliger Mensch.

Sidney. Ob ich Dich lieb habe — Daniela!

Daniela (verbirgt ihr Gesicht mit einem halberstickten Aufjauchzen an seiner Schulter und bricht in Thränen aus. Nach einer kleinen Weile hebt sie das Gesicht zu ihm empor, trocknet sich die Thränen und versucht zu lächeln). Verzeih', das wollte ich nicht. Ich kann nichts dafür. Dumm — was?

Sidney. O, Du ... (Küßt sie in langer, stummer Umarmung. Dann führt er sie an der Hand nach dem Fenster.) Komm', laß mich Dich sehen.

Daniela (widerstrebend). Nicht. So von der Reise bestaubt, übernächtig und verweint. Da muß ich doch erst ... Du forderst mich gar nicht einmal auf, abzulegen?

Sidney. O, pardon, ich bin ganz ... (Greift sich nach dem Kopf.)

Daniela (nimmt ihren Hut ab, zieht den Reisemantel aus rc., wobei er ihr behülflich ist. Legt die Sachen auf den Sessel am Kamin). Mir ist so heiß; ich glühe wohl?

Sidney (mit Entzücken ihre schlanke Gestalt betrachtend). Du bist so schön!

Daniela. Nicht doch. Ich bin jetzt viel was Besseres — ich bin frei!

Sidney. Frei? Aber, das ist ja nicht ... ist er denn darauf eingegangen? Habt Ihr Euch denn wirklich — scheiden lassen? So rasch, das ist ja ...

Daniela (schüttelt den Kopf). So nicht; Ihr seid ja so langweilig mit Euren Gesetzen. Du weißt, er wollte nicht daran glauben, daß es uns ernst wäre. Mit seiner dummen Prüfungszeit — haha! Wir sind ehrlich gewesen und haben seine Bedingungen gehalten. Sechs Monate sich nicht zu sehen, sich nicht einmal zu schreiben! Wie hast Du's denn ausgehalten? Weißt Du, daß Du beleidigend vortrefflich aussiehst, Du . . . (Sie giebt ihm einen zärtlichen Backenstreich.) Wie es mir ergangen ist, das erzähl' ich Dir ein andermal. Es war eine schreckliche Unendlichkeit. Aber er hat es endlich einsehen müssen, daß er sich gründlich verrechnet hat. Die liebe dumme Alltäglichkeit, die stumpfsinnige Gewohnheit, die Furcht vor dem, was die Welt dazu sagen wird — das sollte mich wieder einfangen, ich sollte wieder um meinen Pflock herum bescheiden grasen — Du, der kennt mich gut, nicht wahr? Aber ich habe ihm keine Ruhe gelassen — und jetzt glaubt er mir's endlich. Du, und weißt Du, was er gesagt hat? Daß ich ihn nicht lieben könnte, das wäre doch kein Scheidungsgrund. Du, hörst Du nicht zu? Das wäre kein Scheidungsgrund!

Sidney (verlegen lachend). Haha! Das heißt gesetzlich allerdings . . .

Daniela. Darum hab' ich ihn ja böslich verlassen und gehe unter keiner Bedingung zu ihm zurück. Dann hat er ja seinen gesetzlichen Grund.

Sidney. Und jetzt willst Du also . . . .

Daniela. Hier in Berlin bleiben, natürlich. Für immer. Ach Sidney, ich kann Dir nicht sagen, wie unsinnig glücklich ich bin, daß ich endlich den Mut gefunden habe! Und mein Herr, ich sage Ihnen, es kommt nicht alle Tage vor, daß ein Frauenzimmer die Courage zu einer befreienden That findet. Wir sind eben auch eine Ausnahme, Gott sei Dank. Und dann hat auch nicht jede das unverschämte Glück, einen Tausch von solcher Qualität. . . . (Sie pielt ihn mit einem Finger vor die Brust und hält sich den Mund zu.) Nein, ich habe nichts gesagt. Ich werde mich hüten und Dich so verwöhnen, Du langweiliger, ungezogener Mensch, — Dich schau ich gar nicht mehr an. (Trebt ihm rasch den Rücken.) Aber er wohnt hübsch, mein Freund. O, er hat Geschmack. Hat er wohl Geschmack, mein Freund?

Sidney (ergreift von hinten die Hand, die sie drohend emporgehoben hat und drückt einen Kuß darauf.) Wer die gnädige Frau sieht, dürfte ihm den schwerlich absprechen.

Daniela. O — und einen gedeckten Tisch hat er da und ladet mich gar nicht einmal zum Frühstück ein! Könnte sich doch denken, daß ich Hunger habe nach der langen Reise.

Sidney (will zur Klingel). Ja, wahrhaftig, das hätte ich … ich will doch gleich ein neues Gedeck …

Daniela (hält ihn fest). Nicht doch, Herr Baron. Lassen Sie doch Ihren Sklaven aus dem Spiel — ich will vornehmer bedient sein. (Sie läuft an den Tisch und setzt sich auf den Platz, auf dem vorher Lilli gesessen war).

Sidney (auf den Platz des Generals deutend). Willst Du nicht lieber hier Platz nehmen?

Daniela. Warum? Ich will gern das ganze Zimmer vor mir sehen. Kellner, Speisekarte!

Sidney (geht lachend auf ihren Scherz ein und deckt ihr das unbenutzte Gedeck des Generals auf, nachdem er das Andere beiseite geräumt). Pardon, gnädige Frau, man speist hier nur à prix fixe: viandes froides, volailles, pâtisseries, fromages et fruites.

Daniela. Nicht einmal Austern?

Sidney. Pardon Madame, Austern sind gestrichen. (Nimmt ein Weinglas aus dem Büffet und stellt es ihr hin.)

Daniela. Natürlich! Sie haben wohl heute schon starken Zuspruch gehabt?

Sidney. Nur Se. Excellenz den Herrn General von Velbegg und Fräulein Tochter.

Daniela. Ach so! Und das vierte Gedeck?

Sidney. Für Madame reserviert. (Er bietet ihr, an ihre linke Seite tretend, eine Schüssel an.)

Danielea. Ich wünsche knieend bedient zu werden. Oder wissen Sie nicht, wen Sie vor sich haben, Herr Oberkellner?

Sidney. O gewiß: Ihre Majestät Coeur=Dame. (Indem er sich auf ein Knie niederlassen will, entdeckt er auf dem Teppich eine große Schildpatthaarnadel, hebt sie auf und reicht sie ihr hin.) Majestät haben geruht etwas zu verlieren.

Daniela (nimmt die Nadel). Nein, solche Nadeln pflegen wir nicht zu tragen, wie Sie sich überzeugen können. (Er ist niedergekniet, sie beugt ihren Kopf zu ihm herunter.)

Sidney (verlegen). O, dann muß sie wohl — meiner Schwester gehören. — Willst Du Dich nicht bedienen?

Daniela. Gerne. (Sie will ihn küssen, bemerkt aber dabei seinen verlegenen Ausdruck und stutzt, nimmt dann rasch etwas von der Schüssel.) Steh' nur auf, Du bist ja ganz rot geworden. Das Knieen ist Dir unbequem.

Sidney. O! Ich werde doch nicht so gealtert sein in den sechs Monaten....

Daniela. Wer weiß! So etwas kommt manchmal über Nacht. Es giebt Leute, die vor Schreck plötzlich grau werden — zum Beispiel, wenn sie einen Geist sehen, auf den sie nicht vorbereitet waren.

Sidney (ist aufgestanden und hat sich auf den Platz des Generals gesetzt. Vorwurfsvoll). Daniela! Kann Dich das wundern, daß ich etwas... Burgunder, Rheinwein, Mosel oder einen süßen Mavrodaphne?

Daniela. Was Du willst. (Spielt mit der Haarnadel.) Ich denke, Deine Schwester ist brünett?

Sidney. Ja, allerdings. Warum?

Daniela. Da pflegt man doch keine gelben Nadeln zu tragen.

Sidney (gezwungen lachend). Ach so, ja — Harriet ist sehr degagiert. Sie giebt gar nichts auf Aeußerlichkeiten. Versuch einmal diesen Griechischen. Süß und feurig — wie Deine Küsse. (Schenkt ihr ein.)

Daniela. Gut, daß Du nicht gesagt hast, wie Deine!

Sidney. Was hast Du denn?

Daniela. Ich weiß nicht, — ich — ich fühle mich enttäuscht. Ich hatte es mir so anders vorgestellt. Nein, nein, entschuldige Dich nur nicht, es ist ja meine Schuld. Ich habe wohl zu viel und zu süß davon geträumt. Ich bildete mir ein, die Stunde unseres Wiedersehens nach den endlosen Qualen dieser Trennung müßte gleich so — wie soll ich sagen — mit vollen rauschenden Accorden die Tonart angeben, auf die unser ganzes, neues, reiches, glückseliges Leben gestimmt sein soll.

Sidney. Aber liebste Daniela, Du mußt doch begreifen, daß das Ungewöhnliche Deines Schrittes...

Daniela. Das Ungewöhnliche Deines Schrittes — wie das klingt! Und ich glaubte, wir würden nur durch Jubel= schreie uns einander verständlich machen können. Frei — Dein — Mein! Einsilbig genug warst Du freilich.
Sidney. Aber Daniela, ich bitte Dich...
Daniela. Laß nur, laß. (Sie trinkt ihr Glas in einem Zuge aus.) Ja, der ist süß und feurig — und ich hatte solchen Durst! — Sag mal — Dein Vater und Deine Schwester, haben die eine Ahnung?
Sidney. Gewiß. Ich habe vor meinem Vater kein Geheimnis. Ich habe ihm damals alles gesagt, als ich heimkam.
Daniela. Und wie hat er es aufgenommen?
Sidney. Ja... Ein alter Herr, der in den strengen Anschauungen einer etwas beschränkten Kaste aufgewachsen ist... es ist für den natürlich nicht ganz leicht...
Daniela. Ah so! Und Deine Schwester?
Sidney. O, meine Schwester hat ihren Kopf für sich. Sie ist wohl imstande, etwas zu fassen, was über die gewöhn= lichen Moralbegriffe hinausgeht. Vorausgesetzt natürlich, daß sie Dich persönlich kennen und verstehen lernt.
Daniela (lebhaft). O ja, bitte, mach uns bekannt. Sobald wie möglich. Bring mich den Deinen, ich will es schon durchsetzen, daß sie mich liebgewinnen sollen. Komm, laß uns heute noch hinausfahren nach Wannsee. Sie wohnen doch noch draußen.
Sidney. Gewiß; das heißt, heute sind sie in der Stadt. Sie kommen gegen Abend sogar noch einmal zu mir.
Daniela. Ah, das ist reizend! Da kannst Du mich ja gleich...
Sidney. Ich bitte Dich, das geht doch nicht. Sie können Dich doch nicht hier bei mir finden! (Steht auf und geht erregt auf und ab.)
Daniela. Warum denn nicht?
Sidney. Aber ich bitte Dich — eine Frau, die ihren Mann verlassen hat und zu ihrem...
Daniela (steht auf und tritt zu ihm). Zu wem sollt' ich denn sonst? Das war doch selbstverständlich.

Sidney. Ja gewiß, aus Deiner Empfindung heraus, Das Vertrauen, das Du mir damit beweist, ist ja auch ... Aber Du kannst Dir doch denken, wie die Welt so etwas beurteilt.

Daniela. Die Welt? Was denn?

Sidney (ergreift ihre beiden Hände). Nun ja, bedenke doch nur, wenn eine Dame aus der guten Gesellschaft mit einem solchen Saltomortale über alles hinwegsetzt, was man gewohnt ist, Sitte und Anstand zu nennen .....

Daniela. Saltomortale?

Sidney. Bei Dir war es ja nicht so schlimm. Du wußtest ja: auf der anderen Seite der Barrière steht einer, der Dich in seinen Armen sicher auffängt. (Er küßt sie flüchtig, sie läßt es achtlos geschehen.) Aber nicht wahr, Liebste: Jetzt läßt Du mich einmal für uns beide vernünftig sein. Du mußt doch zunächst einmal eine Wohnung haben. Mein Vater und meine Schwester können Dich doch unmöglich hier finden! Da wäre ja alles verloren.

Daniela. Alles verloren?

Sidney. Aber das ist doch klar. Laß mich gleich gehen, ja? Ich suche Dir zwei hübsche Zimmerchen ganz in der Nachbarschaft. Und dann holen wir Deine Sachen von der Bahn -- und dann feiern wir Wiedersehen — dann feiern wir erst Wiedersehen! (Umarmt und küßt sie abermals.) Beurlaubst Du mich? Es ist keine Zeit zu verlieren.

Daniela. Ich dachte von diesen Dingen hätten wir ja später reden können. Aber nein, geh nur, es ist gewiß am besten so.

Sidney. Also, adieu Schatz. Ich bin bald wieder da. Ruhe Dich inzwischen ordentlich aus. Ich schaffe meinen Diener aus dem Wege -- der Kerl könnte sonst gefährlich werden, haha! (Wirft ihr eine Kußhand zu, dann rasch ab hinten.)

Daniela (steht wie erstarrt. Pause. Dann seufzt sie tief auf). Mein Gott, wie bin ich müde! (Sie sinkt auf den Divan, streckt sich lang aus und vergräbt das Gesicht in den Kissen.)

(Der Vorhang fällt.)

Zweiter Aufzug.

(Dieselbe Scene wie im ersten Aufzug. Es ist dämmerig und wird im Verlaufe des Aktes allmählich dunkler.)

1. Auftritt.

Daniela. (Gleich darauf der) **General.**

Daniela (liegt schlafend auf dem Divan, dehnt sich und macht Bewegungen, die einen unruhigen Traum andeuten. Gleich darauf hört man draußen die Entreethür aufschließen und schwere Schritte).

General (draußen). Adam! (Man hört ihn etwas vor sich hinbrummen, nach einer abermaligen kleinen Pause tritt er ins Zimmer ohne Hut und Ueberrock.) Was? Niemand da? Ach — puh! — (Er knöpft sich den Rock auf und fächelt sich mit dem Taschentuch Luft zu. Man merkt ihm an, daß er etwas viel getrunken hat. Doch darf er ja nicht etwa schwanken oder lallen. Lacht, während er weiter nach vorne kommt, behaglich vor sich hin, wie wenn er sich eines eben gehörten guten Witzes erinnerte. Geht rasch nach der Schlafzimmerthür, schaut hinein und ruft): Sidney! — Auch nicht? Na, denn wollen wir's uns mal 'n Bischen bequem... (Schließt die Thür; indem er sich umwendet, bemerkt er Daniela, welche bei seinem Eintritt schon aufgewacht und bei seinen ersten Worten erschrocken in die Höhe gefahren ist.) — Ah, sapperment! (Näher tretend.) Pardon, mein schönes Kind, erwarten Sie den Herrn Assessor hier? — Ei, ei, ei! Uebrigens — (mit galanter Verbeugung) allerhand Hochachtung!

Daniela (erhebt sich rasch, als der General sich zu ihr setzen will und schreitet an ihm vorbei nach der Hinterthür).

General (eilt ihr nach und will sie bei der Hand fassen). Was denn, was denn, mein Fräulein? Wollen Sie mir denn nicht ein wenig Gesellschaft leisten? Vor mir brauchen Sie doch nicht davon zu laufen! Ich bin ja der Papa!

Daniela (an der Hinterthüre, emporzuckend). Wer sind Sie?

General. Nu ja — ich bin der Papa des Herrn Assessors. Was finden Sie denn daran so erstaunlich?

Daniela (immer noch im zweifelnden Tone). Herr General von Veldegg?

General. Zu dienen! Na, kommen Sie her und überzeugen Sie mich, daß Sie ebenso liebenswürdig wie schön sind. — J trau, schau wem! So kommt man hinter die Schliche seines Herrn Filius!

Daniela (mit unterdrückter Heftigkeit). Excellenz scheinen also anzunehmen, daß Ihr Sohn — oh! (Kommt nach vorn.)

General (folgt ihr mit erstaunten Blicken, unsicher). Pardon, mein Fräulein, ich verstehe wohl nicht recht — ich glaube gar, Sie wollen mir einen Vorwurf daraus machen, daß ich -- ach ..

Daniela. Wofür halten Sie mich?

General (von ihrem Blick verwirrt). O — ich bitte tausendmal um Vergebung, wenn ich da eine Dummheit... Sie müssen mir zugeben, die Umstände... Der Diener abwesend, mein Sohn nicht vorhanden — eine Dame allein in der Wohnung, die ich zu kennen nicht das Vergnügen habe...

Daniela (rasch und bestimmt). Ich bin Frau Daniela Weert.

General (plötzlich ganz ernüchtert, richtet sich straff auf und sagt, nach einer Ueberraschungspause, kühl und gemessen). Ah — Sie sind Frau Professor Weert? Dann habe ich allerdings um Entschuldigung zu bitten. Wollen gnädige Frau nicht Platz behalten?

Daniela (mit aufblitzender Hoffnungsfreude). Sie erlauben mir dazubleiben, Excellenz?

General. Ich habe hier überhaupt nichts zu erlauben.

(Kleine Pause.)

(Daniela setzt sich vorne auf den Divan, der General holt sich einen Stuhl, nimmt schräg vor ihr Platz.)

General. Weiß mein Sohn schon, daß Sie hier sind, gnädige Frau?

Daniela. Ja, er ist mir eine Wohnung suchen gegangen. Ich denke, er muß jeden Augenblick zurückkommen. (Schaut auf ihre Uhr.) Mein Gott, es ist ja schon fünf vorbei! Verzeihen Sie, Excellenz — ich war von der Nachtreise wie zerschlagen

ich mußte mich ein wenig ausstrecken. Aber ich begreife
gar nicht — da hab ich ja fast drei Stunden geschlafen.
Sidney wollte doch gleich zurückkommen.

General (räuspert sich laut). Ja, das ist allerdings…
(Zieht seine Uhr.) Er weiß doch, daß unsere Damen vor dem
Theater noch hier vorsprechen wollen.

Daniela (aufhorchend). O —!

General (nach abermaliger kleiner Pause, sie von der Seite an-
blickend). Gnädige Frau beabsichtigen also jedenfalls einige
Zeit in Berlin zuzubringen?

Daniela. Darüber kann ich vorläufig nichts bestimmtes
sagen — ich weiß nur eines ganz gewiß: nach Königsberg
kehre ich auf keinen Fall zurück.

General (erstaunt). So — ja, pardon — haben Sie
sich denn mit dem Herrn Professor – äh — ich meine —
ist er denn geneigt…

Daniela. Nein, ich will ihn eben durch diesen Schritt
zwingen in die Scheidung zu willigen.

General. Scheidung!? — Also doch. — Ja — ich begreife, offen gestanden, absolut nicht, wie eine Dame von Ihrer
gesellschaftlichen Position dazu kommt, ihren Ruf so mir nichts,
Dir nichts auf's Spiel zu setzen; denn Sie wissen doch, daß
Sie sich durch diese Flucht oder wie man es nennen soll,
zum schuldigen Teil machen?

Daniela. Was liegt daran?

General. Was liegt daran?! Erlauben Sie mal!
Pardon, ich habe ja durchaus keine Veranlassung, Ihnen
meine Ansichten aufzudrängen. Mein Sohn hat mir ja aller=
dings damals, als er von Königsberg zurückkam, einige ver=
trauliche Mitteilungen gemacht. Selbstverständlich habe ich
strengste Diskretion bewahrt. Mein Sohn ist mündig und
natürlich vollkommen Herr seiner Handlungen — aber er war
damals so leidenschaftlich erregt, daß ich als der Aeltere und
Besonnenere von Beiden es für meine Pflicht hielt, ihn auf
die unausbleiblichen Folgen einer solchen — Sie verzeihen —
etwas deplacirten Passion — aufmerksam zu machen. Da ich
überdies seit Monaten nichts mehr von der Affaire gehört

habe — ein Briefwechsel hat meines Wissens ja auch nicht stattgefunden ...

Daniela. Nein, -- wir hatten das meinem Manne versprechen müssen — wir haben unser Wort gehalten. Aber die sechs Monate sind jetzt um — wir sind frei — hören Sie, Herr General — wir sind frei.

General. Vorläufig sind Sie doch aber noch Frau Professor Weert, nicht nur in meinen Augen, sondern für alle Welt. Und wenn Sie jetzt hierbleiben, womöglich Tag für Tag mit Sidney zusammen sind, wenn man Sie miteinander sieht ...

Daniela. Nun, was dann?

General (zuckt die Achseln). Sprechen wir nicht mehr davon, wenn ich bitten darf. Ich habe vielleicht schon zu viel gesagt. Mein Sohn ist reif genug, um in dieser Frage selbständig zu entscheiden. Wenn er mich mal um meinen väterlichen Rat bittet, werde ich ihm den nicht vorenthalten. Bis dahin aber ziehe ich es, wie gesagt, vor ...

Daniela. Und wenn ich Sie nun um Ihren Rat bitte, Herr General? Um Ihre unumwundene, ehrliche Meinung? (Da der General verlegen schweigt, nach einer kleinen Pause.) Ich sehe nur den einen Weg vor mir, nachdem ich endlich den Mut gefunden habe, den entscheidenden Schritt zu thun: offen und ehrlich vorwärts, und immer gerade aus! Sagen Sie mir, Herr General, mit derselben Aufrichtigkeit, mit der ich Ihnen entgegenkomme: wären Sie imstande, niedrig zu denken von einer Frau, die ihrer Lebenslüge ein Ende machen will, nachdem sie den Einzigen gefunden hat, der ihrem Dasein wieder zu Würde und Inhalt verhelfen kann?

General (erhebt sich und geht nachdenklich einige Schritte hin und her). Ich bin kein Mucker, gnädige Frau, fällt mir gar nicht ein, etwa zu sagen: was Gott zusammengefügt hat, soll der Mensch nicht scheiden; im Gegenteil, ich denke viel zu anständig vom lieben Gott, um ihn für alle Dummheiten der Menschen verantwortlich zu machen. Aber andrerseits bin ich auch gewohnt, die Verhältnisse zu nehmen, wie sie sind; und da müssen Sie mir schon erlauben, die Geschichte mit der sogenannten Lebenslüge für eine etwas jugendliche Phrase zu halten. Der

Herr Professor mag ja kein übermäßig amüsanter Herr sein, aber jedenfalls ist er doch kein, kein   na, kein ausgemachter Ekel — das hat auch mein Sohn zugeben müssen. Und dann, vergessen Sie nicht — er ist ein ehrenwerter Charakter, ein zweifellos anständiger Mann. Er hat Ihnen seinen Namen gegeben, hat Sie teil nehmen lassen an der ehrenvollen Stellung, die ihm seine Tüchtigkeit eintrug. Das sind Dinge, die der Mann der Frau schenkt — und dies Geschenk verpflichtet, meine gnädige Frau. So lange der Mann Sie nicht mißhandelt, oder Sie sonst in Ihrer Frauenehre unheilbar kränkt, haben Sie die Pflicht, bei ihm auszuhalten. Das ist meine Ansicht von der Sache — ich kann Ihnen nicht helfen.

Daniela. Die Pflicht — mein Gott, ja, die Pflicht! Das ist ja der Mühlstein, den man uns Frauen mit Vorliebe um den Hals hängt, um die Persönlichkeit in uns zu ersäufen. (Stebt hastig auf und geht nach rechts; nervöses Händespiel.) Oder glauben Sie vielleicht nicht daran, daß es Persönlichkeiten unter uns giebt?

General. Ohne Zweifel — aber in der Ehe...

Daniela. ... hören eben für die Frau die Rechte der Persönlichkeit auf, nicht wahr? Ganz gleichgültig, ob sie eine Null ist, die nur durch den Mann ihren Wert empfängt, oder ob sie aus sich selbst auch etwas zu geben vermag. Sollte Ihnen wirklich noch keine Ehe vorgekommen sein, in welcher die Frau der reichere, der ewig gebende Teil ist? Name und Stellung in der Welt fällt doch schließlich für das, was anspruchsvollere Naturen für ihr inneres Glück be= dürfen, nicht allzusehr ins Gewicht.

General. Gewiß, meine gnädige Frau, ich gebe Ihnen vollkommen recht, aber... aber bitte, wollen Sie nicht Platz behalten? (Daniela setzt sich in die linke Ecke des Divans, der General auf den Schreibstuhl, den er näher heranrückt.)

Daniela. Ja, nun kommt das große Aber — nicht wahr? O, ich weiß, was Sie sagen wollen: in der Ehe giebt es kein gleichberechtigtes Nebeneinander verschiedenartiger Naturen. Entweder eins muß das andere gutwillig als absoluten Herrscher anerkennen, oder man muß gegenseitig Kompromisse schließen. Nachgeben, verzichten, sich selbst ver=

leugnen und nach außen hin immer so thun, als ob alles in schönster Ordnung wäre. O, ich habe alle die schönen Künste zehn Jahre lang üben müssen — ich bin Meisterin darin geworden. Man kann mir nicht vorwerfen, daß ich von vornherein meine Pflicht leicht genommen hätte.

General. Ich würde mir auch nie erlauben. Aber da wir schon einmal dabei sind, das Thema gründlich zu behandeln, so gestatten Sie mir vielleicht die Frage: weshalb halten Sie den Bruch für unvermeidlich? Ich will beileibe nicht indiskret sein; aber da Sie einmal mein Urteil angerufen haben...

Daniela. Nein, nein, ich will Ihnen gern Rede stehen. Mein Mann — sehen Sie — mein Mann ist — wie soll ich Ihnen das ausdrücken — mein Mann ist überhaupt gar kein Mensch der sieht und hört und fühlt — der lebt ja garnicht!

General. Oh — ich verstehe wohl nicht.

Daniela. Lieber Gott, mein Vater war doch auch Philologe, aber welch ein reicher Geist war das, wie hatte der die Augen offen für alles Große und Schöne, nicht nur in der Vergangenheit. Ich konnt es mir nicht vorstellen, daß die ernste Beschäftigung mit irgend einer Wissenschaft einen Geist so gänzlich verknöchern könnte. Mein Mann ist über seiner tläglichen Maulwurfsarbeit völlig blind geworden für das Leben um ihn herum. O, ich sage Ihnen — das atmet, das spricht, das lacht sogar und ist doch so empfindungslos wie der Stein da. (Hebt einen Briefbeschwerer auf, der ihr zunächst auf dem Schreibtisch liegt.) Zehn Jahre lang hat er mich so neben sich hergehen lassen, ohne auch nur ein einziges Mal den Versuch zu machen, in mein geistiges Leben einzudringen. Ein paar Mal, im Anfang, versucht' ich ihm dazu Gelegenheit zu geben, aber er hatte nur ein hochmütiges Lächeln für mich. Und von da an habe ich mich in der Resignation geübt. Aber ich habe mich nicht herunterziehen lassen — ich bin oben geblieben — in meiner Einsamkeit.

General. Hm, hm — ich begreife! Die Einsamkeit ist gefährlich für einen so lebhaften Geist.

Daniela. Mir hat sie geholfen, daß ich mir die Kraft zum Glücke bewahren konnte. Wissen Sie, Herr General, daß Kraft dazu gehört, das Glück zu empfinden, wenn es solange hat auf sich warten lassen? Wer die Kraft hat, der hat aber auch das Recht, das heilige Recht des Stärkeren, Herr General!

General (sich artig verbeugend). Gnädige Frau wissen Ihren Standpunkt mit einer Beredtsamkeit zu verteidigen...

Daniela. O, ich habe ja auch Zeit genug gehabt, die Frage reiflich durchzudenken.

General (nachdenklich, indem er sie mit sichtlicher Bewunderung anschaut). Ich muß gestehen, es ist mir ganz neu, daß eine Dame das Recht des Stärkeren ins Gefecht führt — und daß ich als alter Soldat die Partei des Schwächeren nehmen soll. (Verbindlich lächelnd.) Denn jetzt zweifle ich nicht mehr daran, daß Sie, meine gnädige Frau, die Stärkere sind. Aber schließlich kann doch Ihr Gatte für seine Natur ebenso wenig, wie Sie für die Ihrige. Wieso hat er also eine so harte Strafe verdient, wenn Sie ihn doch aus freien Stücken geheiratet haben?

Daniela. Strafe? Aber ich bitte Sie, was verliert er denn durch meinen Fortgang? Er wird mich vermissen, vielleicht wie — wie seine Zigarre, wenn sie ihm der Arzt verboten hätte — ach Gott bewahre, was sage ich denn! Noch lange nicht so sehr. Wie ein Möbelstück, an das er sich gewöhnt hatte. Aber er wird sich auch an die Lücke an der Wand gewöhnen, oder an ein neues Möbel, das er sich kaufen kann.

General. Pardon! Sie vergessen doch wohl seine peinliche Situation in der Gesellschaft, das gekränkte Ehrgefühl.

Daniela. Deshalb laufe ich ja eben davon. Jetzt hat er ja sicher alle Sympathien auf seiner Seite. Die liebe Welt ist ja immer viel eher geneigt, eine Frau zu verdammen als einen Mann.

General. Allerdings — und Sie scheuen sich nicht, die Folgen Ihres — wie soll ich sagen —

Daniela (heiter). Sagen Sie nur gleich: Ihres salto mortale, Herr General! Das Wort hat mir Sidney auch gleich entgegen gehalten, als ich ihn hier vorhin so unvermutet überfiel. Ich muß gestehen, im ersten Augenblick hat es mir bange gemacht. Aber jetzt lach ich darüber. Es kann ja nur Gutes davon kommen. Ach, ich sehe in eine Zukunft hinein, so voll Glück, voll Freude und Güte - denn die Freude und das Glück machen gut. Wissen Sie das, Herr General? (Steht auf und streckt ihm die Hände entgegen.) Ach, ich bitte Sie recht herzlich, trauen Sie mir doch etwas zu!! Ich fühle mich ja jetzt so reich - und da ist jemand, dem ich soviel schuldig geworden bin für seine Liebe, die mich aufgeweckt hat aus diesem entsetzlichen Starrkrampf der Resignation. Ich komme nicht wie eine arme Sünderin, die um Mitleid bittet, ich will ihn nicht mahnen, sein Wort einzulösen, das er vielleicht unüberlegt in einer leidenschaftlichen Stunde gegeben hat — nein, sehen Sie doch, lieber Herr General, ich komme ja mit vollen Händen, um meine Schulden zu bezahlen.

General (ergreift in großer Bewegung ihre Hände und küßt sie).

Daniela (mit einem glückseligen unterdrückten Aufschrei). Nicht wahr, Sie schicken mich nicht fort, Sie sagen nicht: wir wollen Deine Herrlichkeiten nicht.

General (ihr fest in die Augen sehend). Ich sage nur, daß ich meinen Herrn Sohn teufelmäßig beneide.

Daniela (unterdrückt ein Aufschluchzen, wendet sich halb ab und fährt sich rasch mit dem Tuch an die Augen).

General. Sie weinen ja, mein liebes Kind. (Er tritt ganz nah zu ihr und öffnet die Arme. Sie schmiegt sich an ihn, den Kopf auf seiner Schulter.)

(Man hört draußen die Eingangsthüre öffnen und zuschlagen, Schritte u. s. w.)

Daniela (macht sich los und eilt auf die Thür zu). Endlich!

General (ihr nach, sucht sie zu überholen). Wenn es nicht Adam ist — der Diener, wissen Sie. Hat er Sie etwa schon hier gesehen?

Daniela. Ja, er hat mich hereingelassen.

General. Hm, das ist... Sie müssen natürlich sehr vorsichtig sein.

2. Auftritt.

Vorige. Sidney.

Sidney (tritt rasch durch die Mitte ein und fährt betroffen zurück, da er den General erblickt). Du hier, Papa?

General. Ja, wie Du siehst. Du hast aber die gnädige Frau lange warten lassen.

Sidney. Du weißt also?...

General Gewiß. Und ich kann Dir nur sagen, ich bin dem Zufall sehr dankbar, der uns gerade auf diese Weise miteinander hat bekannt werden lassen. (Nickt Daniela freundlich zu.)

Daniela (ergreift Sidneys Hand und drückt sie stürmisch. Leise.) Jetzt fürchte ich mich vor nichts mehr.

Sidney (erstaunt). Ah!

General. Na weißt Du, übermäßig galant bist Du gerade nicht. Du machst ja ein Gesicht, als ob Du es für eine ganz unglaubliche Sache hieltest, daß die gnädige Frau einem gefallen könnte! (Klopft ihm auf die Schulter.) Nein, nein, mein Junge, beruhige Dich nur, ich begreife Dich jetzt vollkommen. Du hast mir nicht zuviel gesagt von dieser Dame.

Sidney (ergreift freudig des Generals Hand). Wirklich, Papa? Ach, das ist ja ein Glück — Tausend Dank!

General. Dank? Was denn? Falsche Adresse. (Zeigt auf Daniela.)

Sidney (küßt Danielas die Hand). Daniela! Zauberin.

General. Na, Ihr werdet Euch nun doch noch mancherlei zu sagen haben. Empfehle mich derweilen. Ich will mich drüben im Fremdenzimmer noch 'n halbes Stündchen hinlegen. Bin ja um mein Schläfchen gekommen.

Daniela. O, Herr General, ich bitte um Vergebung!

General. Keine Ursache. Diese Bekanntschaft war mit einem Schläfchen wahrhaftig nicht zu teuer bezahlt. (Zu Sidney.) Der alte Esebeck hat mich höllisch scharf 'rangekriegt. Uebrigens, (zieht seine Uhr) unsere Damen werden auch bald hier sein. (Zu Daniela erklärend.) Meine Tochter Harriet und ein sehr reizendes Fräulein von Tönnies, die bei uns zu Besuch ist, wollen uns von hier zur Oper abholen. Das trifft sich ja famos. Da lernen Sie meine Tochter auch gleich kennen. Ich sage Ihnen, das ist ein resolutes Frauenzimmer. Wenn Sie die zur Freundin haben — die ist was wert.

Daniela. Ach ja, das wäre prächtig! (Alle Drei sind im Gespräch nach vorn gekommen, Daniela steht am Schreibtisch, Sidney dicht neben ihr, der General in der Mitte der Bühne.)

Sidney. Ich weiß doch nicht, Papa, wie Harriet die Situation auffassen würde. Daniela hier in meiner Wohnung und . . . und dann ist es auch immerhin vor der fremden Dame . . .

General. Jaso — die kleine Tönnies ist allerdings ein bischen genant in diesem Falle. Hm ja, was thun?

Daniela (zu Sidney). Hast Du denn nun ein Unterkommen für mich gefunden?

Sidney. Ja, allerdings nicht so ohne Weiteres. Hier in der Nähe war absolut nichts Passendes. Ich habe zwei Stunden beinah herumlaufen müssen.

Daniela. Aber Du bist ja schon über drei Stunden fort.

Sidney. Ja, denke Dir, Papa, auf dem Heimwege muß ich doch ausgerechnet Harriet in die Arme laufen. Und die läßt keine Entschuldigungen gelten, sondern schleppt mich mit sanfter Gewalt mit zu den alten Bülows hinauf. Da hab' ich denn noch eine Stunde vertrödelt.

General. Ja, aber erlaube mal, ich dächte, Du hättest denn doch eine sehr triftige Entschuldigung gehabt. (Mit Blick auf Daniela.)

Sidney. Das konnte ich doch Harriet unmöglich sagen. Du weißt ja, wie sie sein kann, Papa, wenn man sie unvorbereitet mit etwas überfällt, womit sie sich noch nicht selber abgefunden hat.

Daniela (hat sich auf dem Schreibstuhl niedergelassen und nachdenklich vor sich hingeschaut. Jetzt entdeckt sie den umgekehrten Photographierahmen, greift danach und erschrickt ein wenig, als sie ihr eigenes Bild erkennt. Zu Sidney, gezwungen scherzend). Ei, sieh' da, das bin ja ich! Wer hat mich denn so herumgedreht? Wolltest Du vielleicht mein Gesicht da nicht mehr sehen?

Sidney (sehr verlegen). O, ich bitte Dich — ich weiß nicht, wie das gekommen ist. Ach, richtig: wie ich vorhin auf dem Divan lag, hab' ich es herumgedreht — ich wollte Dich anschauen.

Daniela. Da hast Du Dir aber arg den Hals verdrehen müssen. Du — Du!

Sidney. Wer wird denn . . . (Er klopft sie auf die Schulter. Draußen schlägt die Entreeglocke dreimal kurz, hintereinander an. Er fährt erschrocken auf und starrt ratlos den General an.)

General. Ja, was ist Dir denn? Das wird Harriet sein. Die beiden Damen haben ja verschiedene Wege. Vielleicht haben wir noch etwas Zeit, sie vorzubereiten, ehe die kleine Tönnies kommt. Ich will das gerne auf mich nehmen. (Zu Daniela, lachend.) Was der große Junge eine Angst vor seiner Schwester hat, nicht wahr? Ja, gnädige Frau, jetzt werden wir Sie doch wohl bitten müssen, einen Augenblick — vielleicht drüben im Fremdenzimmer …

(Es klingelt abermals in derselben Weise.)

General. Wo treibt sich denn der Schlingel, der Adam 'rum?

Daniela. Kündigt sich Fräulein Harriet immer durch drei Glockenschläge an?

General. Nein, das klingt mir zu zart für Harriet. Die läßt sonst immer einen sehr energischen langen Triller erschallen. Sapperment, das wird doch nicht am Ende schon die Kleine sein? Geh, mach auf, Sidney. Du entwickelst heute ein Talent, Damen warten zu lassen, das mir sonst nicht an Dir aufgefallen ist. — Meine gnädige Frau, darf ich bitten? Ja so — da könnte am Ende die Kleine etwas merken. Bitte lieber hier — es wird ja nicht lange dauern. (Geht voran nach der Schlafzimmerthür, die er für sie offen hält.)

Daniela (während sie, an ihm vorüber, rechts abgeht, zu Sidney gewendet). Schon wieder ein unerwarteter Damenbesuch — Du kommst heute nicht aus den Verlegenheiten heraus, mein Lieber. (Daniela, gefolgt vom General, ab links).

3. Auftritt.
Sidney. Lilli.

Sidney (bleibt an der Hinterthür stehen, bis die beiden hinaus sind, horcht noch einen Augenblick, schlägt sich vor den Kopf, seufzt und eilt dann rasch hinaus, die Thür hinter sich offen lassend. Man hört ihn die Flurthüre öffnen. Gleich darauf huscht Lilli an ihm vorüber auf den Zehen ins Zimmer).

Lilli (indem sie hastig ihre Jacke aufnestelt, leise). Ich wollte schon wieder davon laufen, als niemand aufmachte. Das heißt, eigentlich wollte ich gar nicht kommen. — Ach Gott, ich habe ja solche Angst! Ich habe schon meine Uhr eine Viertelstunde vorgestellt, damit ich eine Entschuldigung habe, wenn Harriet kommt. Ach, was thut man nicht alles, wenn man .... (deckt ihre Hände vors Gesicht).

Sidney. Aber mein gnädiges Fräulein ....

Lilli (ihn rasch unterbrechend, während sie die Jacke auf den nächsten Stuhl wirft). Jetzt werden Sie gewiß schlecht von mir denken, nicht wahr?

Sidney. O, Gott behüte!

Lilli. O gewiß, ich weiß schon, so soll es ja immer sein. Erst hypnotisiert ihr uns mit süßen Schmeichelworten und hinterher macht ihr euch noch über uns lustig. (Sie hat ein wenig lauter gesprochen.)

Sidney (unruhig, legt ihr eine Hand auf den Arm). Bitte, nicht so laut.

Lilli (schmiegt sich, wie ängstlich, dicht an ihn). Mein Gott, was ist denn? Wir sind doch ganz allein?

Sidney. Nein, das sind wir nicht. Mein Vater ist da drin. Er kann jeden Augenblick herein kommen; wie wollen Sie dann dies tête-à-tête erklären?

Lilli (einen Schritt zurücktretend, erstaunt und vorwurfsvoll, laut). Ich!? Ich dächte, das wäre dann doch wohl eher Ihre Sache, Herr von Veldegg.

Sidney (einen Augenblick verblüfft, dann kurz auflachend). Ah so! (Macht, sich die Lippen nagend, einige Schritte, dann dicht vor sie hintretend, leise.) Wissen Sie, daß Sie mit Ihrer Voreiligkeit sich selbst den allerschlechtesten Dienst erwiesen haben?

Lilli. Ich verstehe Sie nicht.

Sidney. Ich bin meiner Schwester vorhin auf der Straße begegnet. Sie hat mir natürlich mit ihrer gewohnten Offenheit gleich alles wiedergesagt und mir die nötigen Verhaltungsmaßregeln gegeben.

Lilli. Wiedergesagt? Was hab' ich denn verbrochen?

Sidney. Sie haben ihr sofort alles verraten, was vorhin nach dem Frühstück zwischen uns vorgegangen ist. Aber Sie haben auch Folgerungen daran geknüpft, die durchaus nicht in meinem Sinne waren.

Lilli (sieht ihn einen Augenblick erschrocken an, dann plötzlich in Thränen ausbrechend). Das ist ... (Schluchzt heftig und wankt nach vorn. Läßt sich auf dem Schreibstuhl nieder.)

Sidney (ihr nach, spricht hinter ihr stehend, leise auf sie ein). Aber ich bitte Sie, weinen Sie doch nicht, liebe Lilli. Sie müssen doch einsehen, daß ich mich nicht so überrumpeln lassen kann. Mein Gott, kann man denn nicht in einer übermütigen Stimmung einen harmlosen Scherz so aufnehmen, wie er gemeint ist!

Lilli. Das nennen Sie einen harmlosen Scherz? Einem armen Mädchen, das ganz allein dasteht in der Welt, erst etwas in den Kopf zu setzen und nachher zu sagen, ich habe nur gespaßt. O pfui, das ist abscheulich von Ihnen! (Neuer Thränenausbruch.)

Sidney. Aber ich bitte Sie, beruhigen Sie sich doch nur, mein Vater muß Sie ja hören.

Lilli. Glauben Sie vielleicht, daß Ihr Vater Ihr Betragen gutheißen wird? Ich weiß ganz bestimmt, er hätte es so gern gesehen — und Ihre Schwester auch. Wie sollte ich denn da denken, daß Sie mich behandeln könnten, wie die erste Beste — ich weiß nicht was.

Sidney. Aber ich denke ja garnicht daran — ich werde nie aufhören, Sie für ein liebenswürdiges, reizendes und . .

Lilli. Ach, lassen Sie nur, ich will nichts mehr hören von Ihnen. Lassen Sie mich fort — ich kann Sie nicht mehr sehen. Und bei Ihnen im Hause kann ich auch nicht mehr bleiben. Sie haben alles zerstört. Mein ganzes Lebensglück vernichtet. Ich werde Ihrem Herrn Vater schreiben, warum ich sein Haus verlassen mußte bei Nacht und Nebel. Er wird mich verstehen — und Harriet auch.

Sidney (drückt sie verzweifelt auf den Stuhl zurück). Mein Gott, ich konnte doch nicht ahnen, daß es Ihnen so tief gehen würde! Ich bekenne mich ja schuldig — aber Sie müssen mir auch verzeihen können. Ist es denn ein so großes Verbrechen, wenn ein Mann von Temperament soviel Liebreiz gegenüber einen Augenblick vergißt, daß er nicht mehr frei ist?

Lilli (leidenschaftlich). Ah — jetzt begreife ich! Nicht mehr frei! Davon hat mir niemand vorher etwas gesagt — aber ich weiß schon, wer zwischen uns steht. Diese Dame da. (Ergreift Danielas Porträt und hält es ihm entgegen.) Natürlich, wie ich hinaus war, haben Sie es sofort wieder umgedreht und da ist Ihnen alles wieder eingefallen, und da war das alles mit mir blos ein harmloser Scherz gewesen. (Sie wirft den Rahmen heftig auf den Tisch.)

Sidney (ihn aufnehmend). Ich muß Sie doch bitten, sich etwas zu mäßigen, mein Fräulein.

4. Auftritt.
Vorige. Der General.

General (durch die Thür links). Ah — was seh' ich, Fräulein Lillichen? Und ganz allein? Wo bleibt denn Harriet?

Lilli. Ich weiß nicht. Wir hatten uns auf sechs Uhr verabredet und es ist doch schon ein viertel sieben.

General (mit Blick nach der Uhr auf dem Kamin). So spät ist es nun zwar noch nicht — i was tausend, Sie haben ja geweint? Aber Kindchen, was hat's denn gegeben?

Lilli (sieht Sidney vorwurfsvoll an mit einer zum reden auffordernden Bewegung).

Sidney. Wenn Sie sich über mich beklagen wollen — bitte! Ich ziehe mich zurück — ich will mich nicht verteidigen. Mein Vater weiß, daß ich Ihnen die Wahrheit gesagt habe. Ich habe noch einen notwendigen Gang — Du weißt ja, Papa, bitte entschuldige mich auch bei Harriet. (Verbeugt sich förmlich vor Lilli und geht hinten ab.)

Lilli (sieht auf und will nach dem Hintergrund, wo sie ihre Sachen abgelegt hat). Dann kann ich wohl lieber auch gleich gehen.

General (ihr nach). Aber Kindchen, was haben Sie denn nur? Hat Ihnen mein Sohn etwas zu leide gethan? (Da Lilli ihr Taschentuch zieht und weint, sie bei der Hand nehmend.) Na, na, na. Nun schütten Sie mir doch mal Ihr Herzchen aus. Sie wissen doch, ich meine es gut mit Ihnen.

Lilli. Ach, lieber Herr General, Sie waren immer so gut zu mir, Sie haben mich behandelt wie Ihr eigenes Kind. Ich habe mich bei Ihnen wie zu Hause gefühlt — zum erstenmal seit vielen Jahren! Ich habe ja sonst kein zu Hause und niemanden, der mich lieb hat. Und nun auf einmal diese grausame Enttäuschung! O mein Gott, es ist zu schrecklich!

General. Was denn für eine Enttäuschung?

Lilli (immer weinend). Aus Ihrem Hause muß ich doch nun auch fort.

General. Aber liebes Kind, nun wollen wir doch mal aufhören zu weinen und vernünftig miteinander reden. Ich kann mir aus alledem keinen Vers machen, es sei denn, daß Sie sich etwa in Bezug auf meinen Sohn einer Täuschung hingegeben haben. War er vielleicht zu — liebenswürdig gegen Sie? Das könnten Sie ihm eigentlich nicht so übel nehmen, haha!

Lilli. Ach, ich kann Ihnen das garnicht so sagen. Harriet weiß Alles.

General. So? Ja, die weiß aber auch, daß Sidney sozusagen nicht mehr frei ist, und das hätte sie Ihnen doch sagen müssen, wenn Sie's gut mit Ihnen meinte. Na, kommen Sie her, vertragen wir uns wieder. So was läßt sich schon überwinden, und zwischen uns kann deshalb doch alles beim Alten bleiben, nicht wahr, Lillichen?

5. Auftritt.

Vorige. Harriet. Adam.

Adam (indem er Harriet die Thür öffnet). Ich glaube, Herr Baron werden wohl zu Hause sein. (Schließt die Thür hinter ihr. Ab.)

General. Gott sei Dank, da haben wir sie ja. Na, nun zieh ich mich zurück und überlasse die Damen ihrer Toilette und ihren Gefühlen.

Harriet. 'N Abend, Papa! Was Lilli, Du schon hier? Hast Du den Papa unterwegs abgefangen?

Lilli. Nein, ich bin allein gekommen; es ist ja doch schon gleich halb Sieben. Ich dachte, Du würdest schon längst da sein.

Harriet. I Gott bewahre! Es ist ja noch nicht einviertel und ich sagte Dir doch gleich, daß ich vor viertel Sieben kaum hier sein könnte.

Lilli. Da muß meine Uhr falsch gehen.

Harriet. Wir haben sie ja doch heut morgen erst am Bahnhof gestellt.

(Kleine Pause.)

General (der an der Thür stehen geblieben ist und mit wachsendem Erstaunen zugehört hat, tritt wieder näher). Lillichen, Lillichen! Da haben Sie mir also doch was weiß machen wollen. Ja, wissen Sie, wenn Sie's freilich so anfangen, dann dürfen

Sie sich nicht beklagen, wenn Sie eine unangenehme Enttäuschung erleben müssen. Sie haben alle Ursache, in Ihrer Lage, bei Ihrer Schutzlosigkeit doppelt vorsichtig zu sein. Meiner Tochter würde ich so etwas nicht so leicht hingehen lassen.

Lilli. Aber Sie wissen ja nicht, wie alles gekommen ist.

General. Na, reden wir nicht mehr darüber. — Also beeilt Euch, meine Damen. (Ab durch die Mitte.)

6. Auftritt.

Harriet. Lilli. (Gleich darauf) Adam.

Harriet (heftig auf Lilli zu). Was ist denn das für eine heillose Geschichte? Du hast den Sidney hier allein treffen wollen?

Lilli. Er hat mich so darum gebeten. Nur ein paar Minuten wollt ich ihm Gelegenheit geben, mich allein zu sprechen. Da konnt ich doch gar nichts anderes annehmen, als daß er noch heut Abend das entscheidende Wort sprechen wollte.

Harriet. Aber ich bitte Dich — ein rendez-vous in einer Junggesellenwohnung; das ist ja noch zehnmal schlimmer, als wenn Du blos absichtlich zu früh gekommen wärst! Das durftest Du unter keinen Umständen thun. Herrgott, Mädel, ich begreife Dich nicht — Du bist doch sonst nicht so dumm!! Und nun läßt Du Dich auch noch von Papa abfassen. Das vergißt er Dir nie. In solchen Dingen denkt er furchtbar streng.

Lilli. Aber wenn er wüßte wie Sidney mich dazu gebracht hat.

Harriet. Ach was — ein Mann darf manches, ein Mädchen nichts! Die Männer denken alle so — und wir meistens auch nicht viel besser. Du hast doch auch genug von der Welt gesehen, um das zu wissen.

Lilli. O, ich werde dem Papa sagen, daß er mich geküßt hat und flehentlich gebeten . . . . . .

Harriet. Thut nichts, das Mädel wird verdammt.

Lilli. Aber Du hättest mir wenigstens das Schlimmste ersparen können.

Harriet. Was denn? (Ruft zur Mittelthür hinaus) Adam!
Adam (von außen). Gnädiges Fräulein befehlen?
Harriet. Bringen Sie die Lampen. (Schließt die Thür, zu Lilli). Also, was soll ich denn mit der Geschichte zu thun haben?
Lilli. Ich habe mir erst von Sidney sagen lassen müssen, daß er sich nicht mehr frei fühlte.
Harriet. Pohtausend nicht noch mal, davon möcht ich auch was wissen! Wie ist ihm denn das in den paar Stunden wieder eingefallen?
Lilli (auf den Schreibtisch zugehend). O, ich weiß schon, um wen sich's handelt.
Adam (tritt durch die Mitte ein mit zwei Lampen).
Harriet. So ist's recht: in die Sache muß Licht kommen.
Adam. Wo befehlen gnädiges Fräulein, daß ich die Lampen hinstelle?
Harriet (auf den Tisch am Spiegel zeigend). Eine hierher, die andere ins Schlafzimmer. Und dann bringen Sie uns die Handtaschen da herein.
Adam. Befehlen, gnä' Fräulein. (Stellt eine Lampe auf den großen Tisch links und geht dann mit der andern nach der Schlafzimmerthür, die er zu öffnen versucht.) Es ist von innen zugeriegelt.
Harriet. Ist denn mein Bruder noch drin?
Adam (ein wenig lächelnd). Nein, der Herr Baron sind eben fortgegangen, haben wahrscheinlich vergessen aufzuriegeln.
Harriet. Dann gehen Sie durch den Corridor hinein und machen Sie auf.
Adam (stellt die Lampe auf den Schreibtisch und geht hinten ab). Befehlen!
Lilli (hat sich an den Schreibtisch gesetzt und greift, sobald Adam die Lampe dort hingestellt hat, eifrig nach Danielas Porträt). Das ist die Dame!
Harriet (zu ihr tretend). Frau Weert! Natürlich! Was eifersüchtige Frauenzimmer doch für eine unglaublich feine Witterung haben!
Lilli. Frau Weert? Wer ist das? Eine Wittwe also?
Harriet. I Gott bewahre!
Lilli. Eine verheiratete Frau?! Aber das ist ja unmöglich.

Adam (tritt wieder durch die Mitte ein, mit zwei Handtäschchen, breit lächelnd.) Die Thür nach dem Corridor ist auch verschlossen. Herr Baron müssen den Schlüssel abgezogen haben.
(Harriet und Lilli fahren gleichzeitig erstaunt auf.)
Harriet. Hm, da müssen wir eben hier Toilette machen. Setzen Sie die Taschen nur irgendwo hin. — So und dann können Sie uns auch gleich die Droschke besorgen.
Adam (nachdem er die Handtaschen auf den Eßtisch gestellt hat). Befehlen, gnä' Fräulein! (Ab Mitte.)
Harriet. So, jetzt riegeln wir aber auch zu — was dem einen recht ist, ist dem andern billig. (Riegelt die Mittel= thür zu.)
Lilli. Nicht wahr, Du glaubst auch nicht, daß er fort ist? Das ist doch zu sonderbar. Beide Thüren abzuschließen!
Harriet. Der ist entweder verrückt oder... (Guckt durch das Schlüsselloch an der Thür rechts.) Es ist finster drin. Na, wenn er etwa horchen will, da kann er was zu hören kriegen. (Laut.) Esel!
Lilli. Ich bitte Dich, sei doch ernsthaft. Mir ist wahr= haftig nicht nach Deinen Späßen zu Mut.
Harriet. Mir auch nicht. (Setzt sich hinten und reißt sich wütend ihre Knöpfstiefel auf). Nu frag' ich einen Menschen: ist das nicht 'ne Eselei, wenn einer wegen solcher exaltierten Affaire mit einer verheirateten Dame, aus der doch nie was gescheites werden kann, so ein Mädel wie Dich laufen läßt, so ein Mädel, das die ganze Familie mit offenen Armen auf= nehmen würde!
Lilli (eilt auf sie zu und will vor ihr niederknieen). Du liebe, gute Harriet. Nicht wahr, Du begreifst...
Harriet. Ach was, halt mich nicht auf! Zieh' Dir die Stiefel aus. — Da, natürlich wieder 'n paar Knöpfe ab. (Nimmt die abgesprungenen Knöpfe vom Teppich auf, holt aus ihrer Hand= tasche ein Paar Schuhe und wickelt statt deren die Stiefel in das Papier ein.)
Lilli (setzt sich auf einen Stuhl am Eßtisch und zieht gleichfalls ihre Stiefel aus). Warum hast Du mir denn nie von dieser Frau Weert etwas erzählt?
Harriet (während sie die Schuhe anzieht). Warum? Na erstens einmal, weil man unter sogenannten jungen Mädchen überhaupt so etwas nicht bespricht, und zweitens, wozu? Ich habe ja auch ganz bestimmt geglaubt, daß er sich die Geschichte

endlich ganz aus dem Sinn geschlagen hätte. Darum haben wir uns ja alle so gefreut, als Du zu uns ins Haus kamst. Daß er Dir nicht widerstehen würde, davon waren wir fest überzeugt.

Lilli. O, ich bitte Dich...

Harriet. Na meinetwegen darfst Du bescheiden erröten, Lillichen. Es ging ja auch alles gut. Er schien so nett anzubeißen.

Lilli (packt ihre Stiefel in die Tasche, holt die Schuhe heraus und zieht sie an). Ich bitte Dich, Harriet, rede nicht in diesem Ton davon. Mir war es eine heilige Herzenssache. Ich habe nie für irgend einen Mann etwas ähnliches gefühlt, wie für Deinen Bruder.

(Während des Folgenden zieht sich Lilli ihr Ueberjäckchen [Figaro] aus und legt einen Spitzenkragen um oder dergleichen. Harriet macht in ähnlicher Weise ihre Toilette soiréemäßiger, nach Geschmack. Beide bringen sich dann das Haar in Ordnung, legen Schmuckgegenstände an u. s. w.)

Harriet. Das ist ja auch weiter nicht merkwürdig. Sidney ist auf alle Fälle ein ganz patentes Kerlchen, und Du hättest ja auch alle Ursache, Deinem Schöpfer zu danken, wenn Du endlich mal den Richtigen fändest.

Lilli. Aber Harriet! Willst Du vielleicht damit sagen...

Harriet. Ach, wir wollen doch gar nicht so thun, mein Herzchen. Wozu denn? Ist doch keine Schande, wenn eine junge Waise von altem Adel und angenehmem Aeußeren auf anständige Weise einen Mann zu kriegen sucht? Daraus hat noch nie ein vernünftiger Mensch einem Mädchen einen Vorwurf gemacht. Und daß man das satt kriegt, so jahrelang mit Mamachen in Bädern und Sommerfrischen umherzuziehen, ohne daß sich der gewünschte Erfolg zeigen will, das kann ich mir ja sehr wohl vorstellen. — Besonders wenn man erst hoch in die Einundzwanzig gekommen ist, nicht wahr?

Lilli (gekränkt). Hältst Du mich etwa für älter?

Harriet. Gott behüte! Haha — sie denkt wahrhaftig, es horcht Einer! (Auf sie zu, sie flüchtig streichelnd und küssend.) Na, sei nur wieder vergnügt, mein Puttchen. Schließlich ist doch alles blos halb so schlimm, wie es aussieht. Das Eine kann ich Dir ganz bestimmt versprechen: die Weert kriegt ihn nicht, so lange ich die Augen aufhalte. Aber weshalb Du ihn nicht kriegen solltest, das kann ich nicht einsehen.

Lilli. Was weiß man denn von der Dame?

Harriet (achselzuckend). Ja, mein Gott - eigentlich nichts. Das heißt, nur das, was Sidney uns von ihr vorgeschwärmt hat. Meinetwegen mag sie ein Engel sein — das ist mir ganz Wurscht — in die Familie kommt sie doch nicht hinein. Ich kann nun mal solche Manschereien nicht leiden.

Lilli. Natürlich. Und Dein Papa denkt doch gewiß ebenso.

Harriet. Selbstverständlich. Aber weißt Du, bei Papa ist man manchmal in solchen Dingen nicht ganz sicher. Er hat solche übertriebene Furcht, sich eine Ungerechtigkeit zu schulden kommen zu lassen. Das ist seine einzige Schwäche. Wenn man der Frau nichts nachsagen kann und wenn sie wirklich alle die glänzenden Eigenschaften besitzt, die Sidney ihr nachrühmt, dann wäre Papa am Ende doch imstande, sich breitschlagen zu lassen.

Lilli. Ist denn die Scheidung schon im Gange?

Harriet. Weiß ich nicht.

Lilli. Will sie denn klagen? Hat sie denn Gründe gegen ihren Mann?

Harriet. Weiß ich auch nicht. Ist mir auch ganz gleich. Und wenn der Mann das größte Scheusal von der Welt wäre, eine Frau läßt sich doch nur scheiden, wenn sie schon mit einem andern einig ist. Wenigstens glaubt das alle Welt — und siehst Du, mein Herzchen, das ist für mich das Entscheidende. Das heißt, ich persönlich mache mir ja absolut nichts aus dem Urteil der sogenannten Welt, das weißt Du ja. Aber in die Familie darf die Medisance nicht hineinreichen. Für Künstler und solche Leute mag so was allenfalls noch angehen, aber für unsere Kreise ist es einfach unmöglich. Außerdem: ich kenne doch unsern Jungen!

Lilli. Du meinst, er läßt es selbst gar nicht so weit kommen? Er muß doch schließlich in seiner Stellung jeden Skandal zu vermeiden suchen, nicht wahr?

Harriet. Na natürlich. Für die berühmte Hütte mit dem massenhaften Raum ist Siddy nicht der Mann! Das Unglück ist nur, daß er sich seinen jugendlichen Idealismus immer noch nicht abgewöhnen kann. Männer von dreißig Jahren sind ja meistens noch entsetzlich jung.

Lilli. Und Du glaubst wirklich, daß er fähig wäre, aus Idealismus etwas gegen seine beßere Ueberzeugung zu thun?

Harriet. Oder aus Trotz. Das käme so ziemlich auf dasselbe hinaus. — Na, bist Du denn noch nicht schön genug? Was hast Du denn solange in den Spiegel zu gucken?

Lilli. Hast Du nicht vielleicht etwas Puder bei Dir? Ich bin noch ganz rot unter den Augen vom Weinen.

Harriet (auf die Schlafstubenthür zu). Hat our boy alles — als richtiger Engländer rasiert er sich selbst. (An der Thür sich besinnend.) Ach so — der Herr Baron sind ja heute für uns nicht zu Hause. (Laut.) Herr Baron, wir gehen jetzt. — Du bist doch fertig?

Lilli (sich die Handschuhe anziehend, nicht bejahend).

7. Auftritt.

Adam. Vorige. (Gleich darauf) **General.**

Adam (durch die Mitte). Der Wagen ist vorgefahren.
Harriet. Schön. Melden Sie es meinem Vater.
Adam. Excellenz wissen schon.

Harriet (ihre Handtasche zuschließend). Also nicht wahr, um 10 Uhr erwarten Sie uns auf dem Bahnhof mit den Sachen. Es kann auch 'n bischen länger dauern, aber wir fahren direkt nach dem Theater nach Hause. Nicht wahr, Lillichen? Du hast doch heute auch keine besondere Lust zu debauchiren? — So. Na, haben wir nun alles? (Sie sieht sich im Zimmer um.)

Lilli (ebenso). Ich denke ja! (Bemerkt plötzlich auf dem Stuhl vor dem Kamin Daniela's Hut und Mantel; rasch darauf zu.) Was ist denn das? Die Sachen gehören uns doch nicht?

Harriet (gleichfalls nah an den Stuhl tretend). Ah!

General (durch die Mitte eintretend, fertig zum Ausgehen). Na, sind wir soweit, meine Damen? (Er bemerkt mit Erstaunen, daß sie ihn garnicht zu hören scheinen, indem sie sich mit den fremden Sachen zu thun machen. Tritt näher.) Was giebt's denn da?

Lilli (zu Adam gewendet). Wissen Sie vielleicht, wem diese Sachen hier gehören?

Adam (mit Mühe ein Grinsen unterdrückend). Ich weiß von Nichts, gnädiges Fräulein.

General (die Situation durchschauend, zu Adam, auf Lilli weisend). Bringen Sie das gnädige Fräulein an den Wagen und nehmen Sie 'n Schirm mit. Ich glaube, es regnet schon wieder.

Lilli (schaut etwas verwundert zum General auf, der mit einer energisch einladenden Handbewegung nach der Thür weist. Sie zuckt leicht die Achseln und geht ab. Adam ist vorher schon durch die Mittelthür abgegangen).

Harriet (rasch auf den General zu). Ah, jetzt versteh' ich, warum sich Sidney eingeriegelt hat. Diese Frau Weert hat ihn hier überrumpelt. Hab' ich Recht, Papa, oder nicht?

General. Allerdings hast Du Recht. Ich habe das Vergnügen gehabt, die Dame kennen zu lernen, und Du wirst so freundlich sein, ihr morgen Deinen Besuch zu machen.

Harriet. Papa!

General. Es liegt mir daran, daß Du Dich mit ihr ausssprichst.

Harriet. Das werde ich nicht thun.

General. Ich verstehe in dieser Sache keinen Spaß. Bitte, en avant!

Harriet (will etwas entgegnen, schweigt aber von dem strengen Blick des Generals eingeschüchtert und geht achselzuckend durch die Mitte rasch ab).

General (ihr nach, ab).

8. Auftritt.

Sidney. Daniela. (Gleich darauf) **Adam.**

(Die Bühne bleibt einen Augenblick leer. Dann tritt Sidney durch die Thüre rechts vorsichtig in's Zimmer und öffnet, nachdem er sich umgeschaut, die Thür weit für Daniela.)

Sidney. Kommt nur, sie sind alle fort. (Er will die an ihm vorbeischreitende Daniela umarmen.)

Daniela (sich ihm entziehend). Laß mich, ich will gehen. Sofort! Bringe mich in meine Wohnung. Wo sind meine Sachen?

Sidney (ergreift sie bei der Hand). Aber Daniela! Jetzt sind wir ja endlich allein und ungestört. Wir haben uns doch so viel zu sagen.

Daniela (unruhig spähend). Morgen, mein Freund, morgen.

Sidney. Aber bist Du mir denn wirklich böse? Wegen dieser dummen Geschichte mit der Tönnies! Glaubst Du mir denn nicht?

Daniela (gezwungen lächelnd). Warum soll ich Dir nicht glauben? Uebrigens wird mir ja Deine Schwester den allerbesten Bescheid über die junge Dame geben können. Mein Gott, da liegen ja meine Sachen ganz offen auf dem Stuhl. Siehst Du, siehst Du, wozu nun dies ganze unwürdige Versteckspielen! (Zieht sich an.)

Sidney. Teufel, ja! Das hatt' ich ganz vergessen. Du willst wirklich schon gehen? Daniela! Willst Du mich nicht anhören? Daniela — so laß ich Dich nicht! (Umarmt sie.)

Daniela (macht sich heftig los). Ich bitte Dich, wenn Du mich lieb hast — laß mich gehen!

Adam (tritt hinten ein, bleibt mit frechem Lächeln an der Thür stehen).

Daniela (bemerkt es und wendet sich aufschaudernd zum gehen).

Sidney (mit tiefer Verbeugung). Meine gnädigste Frau! (Geleitet sie nach der Thür.)

(Vorhang fällt rasch.)

Dritter Aufzug.

Dieselbe Scene. Am nächsten Vormittag spielend. Der Eßtisch ist abgeräumt.

1. Auftritt.

Sidney. Adam.

Sidney (sitzt an seinem Schreibtisch und schreibt die Adresse auf einen Brief). So, das geben Sie im Ministerium ab, zweiten Stock links, Thüre 27. Fragen Sie, ob Antwort wäre und dann kommen Sie gleich wieder und bringen mir Bescheid. (Ueberreicht ihm das Schreiben.)

Adam. Befehlen, Herr Baron. (Macht ein paar Schritte nach der Thür zu, bleibt unschlüssig stehen und kommt wieder zwei Schritte zurück.) Wenn ich vielleicht Herrn Baron bitten dürfte...

Sidney. Was giebts denn noch?

Adam. Herr Baron — ich hab mir doch nie was zu schulden kommen lassen. Das konnt ich doch wahrhaftigen Gott nicht wissen, daß die Dame so was feines war —

Sidney. Sie wissen ganz gut, daß ich andere als anständige Damen niemals in meine Wohnung gebracht habe.

Adam. Ja, das schon, Herr Baron, aber so was kann doch mal vorkommen. Das ist ja auch weiter nicht schlimm.

Sidney. Werden Sie nicht noch unverschämt!

Adam (setzt ein trotziges Gesicht auf. Geht bis zur Thür.)

Sidney (der sein Mienenspiel beobachtet hat, mit raschem Entschluß.) Ach — Adam, ich werde Ihnen mal was sagen. Damit Sie sich nicht über Ungerechtigkeit beklagen können. Ich zahle Ihnen natürlich für den Rest des Monats Kost und Logis. Es kommt mir nur darauf an, daß Sie jetzt sofort verschwinden und sich nicht mehr sehen lassen, solange die Dame in Berlin ist. Ich bin ja sonst mit Ihnen wohl zufrieden gewesen.

Adam. Danke schön, Herr Baron. (Es klingelt.)
Sidney. Sehen Sie mal nach, wer da ist.
Adam (ab, läßt die Mittelthür offen, kommt gleich wieder herein und meldet). Seine Excellenz und das gnädige Fräulein Schwester.
Sidney. Ah! — Lassen Sie eintreten, und dann machen Sie, daß Sie fortkommen mit Ihrem Brief. Es eilt — verstanden?
Adam. Befehlen Herr Baron. (Ab Mitte.)

2. Auftritt.

Sidney. General. Harriet.

Sidney (den Eintretenden rasch entgegen). Ah -- so früh am Tage? Das ist aber schön von Euch. Guten Morgen, Papa! Guten Morgen, Harriet.
General (etwas finster und kalt). 'Morgen Sidney.
Harriet (reicht Sidney nicht die Hand, nickt ihm nur kurz und unfreundlich zu und setzt sich ohne abzulegen, auf das Sopha im Hintergrunde).
Sidney (bemerkt die Mißstimmung der Beiden und beißt sich auf die Lippen). Ist vielleicht etwas...
General (indem er sich vorn setzt und sein steifes Bein reibt). Wir wollten Dich gern abfassen, ehe Du aufs Ministerium gehst. Zehn Uhr ist ja wohl Deine Stunde?
Sidney. Ja — ich habe mich heute übrigens schon entschuldigen müssen. Ich habe eine Verabredung — Du weißt ja Papa.
General. Ah so.

(Kleine Verlegenheitspause.)

Harriet (sich erhebend). Hast Du die Dame etwa wieder hierher bestellt? Dann will ich lieber gehen.
Sidney (ärgerlich zu Harriet). Ah — Du weißt also? Behalte nur Platz. Ich hole Frau Weert ab. Damen pflegt man nicht zu bestellen. (Kleine Pause.) Aber ich bitte Dich Papa, was ist denn nur? Was habt Ihr denn? Du warst doch gestern so überaus gütig und liebenswürdig — ist es Dir etwa über Nacht leid geworden?
General. Es handelt sich nicht um Frau Professor Weert. Ich hätte im Gegenteil sehr gern gesehen, wenn Harriet

die Gelegenheit ergriffen hätte, sich mit ihr bekannt zu machen. Aber sie will ja partout nicht.

Sidney. Aber Harriet, ich weiß wirklich nicht ... Wenn Papa einer Dame seine vollste Hochachtung schenkt, so könntest Du doch wohl einigermaßen sicher sein, daß sie — Deiner allergnädigsten Beachtung auch würdig ist.

General. Na, wir wollen uns mal vorläufig nicht ereifern. Zunächst möcht ich doch mal mit Dir ein ernstes Wort reden.

Sidney. Bitte, Papa. (Setzt sich vorn links)

General. Ich habe gestern Nacht noch von Harriet hören müssen, wie Du Dich gegen die kleine Tönnies benommen hast.

Sidney (scharf zu Harriet). Aha! Und Du bist mitgekommen, um Dir die Strafpredigt mit anzuhören. Sehr freundlich von Dir.

Harriet. Jawohl, Brüderchen. Und um Dir auch meinerseits gründlich die Meinung zu sagen, falls etwa Papa was auslassen sollte.

Sidney (ironisch lächelnd). Na, dann also Mut!

General (streng). Ich kann der Sache durchaus keine spaßhafte Seite abgewinnen. Ich fand es sehr natürlich, daß Dir das Fräulein gefiel. Ein bischen die Cour machen in den Grenzen der Höflichkeit, dagegen wäre ja nichts zu sagen gewesen — selbst bei Deinen anderweitigen Verpflichtungen; aber ein junges Mädchen von guter Familie, noch dazu wenn es Gast des väterlichen Hauses ist — das küßt man nicht und überredet es zu einem Stelldichein, wenn man nicht anständige Absichten hat.

Harriet. Zum rendez-vous in seiner Junggesellenwohnung obendrein!

General. Du hast die Erziehung eines Edelmanns genossen; dergleichen Grundsätze sollten Dir doch eigentlich nicht fremd sein.

Sidney. Du hast ganz recht, mit mir unzufrieden zu sein, Papa. Ich äh — ich bedaure unendlich, wenn Fräulein von Tönnies sich die Sache tiefer zu Herzen gehen lassen sollte.

Harriet. Das ist ja sehr tröstlich für das Fräulein.

General. Weiter haſt Du nichts zu Deiner Entſchuldigung vorzubringen?

Sidney. Mein Gott, wie ſo etwas kommt, die Stimmung reißt einen hin, man vergißt, was man nicht vergeſſen ſollte.

General. Sapperment noch mal! Man iſt auch manch= mal in der Stimmung einen Menſchen umzubringen. Und wenn man ihn umbringt, wird man doch geköpft. Von einem Mann in Deinem Alter kann man ſchon verlangen, daß er ſich jeder= zeit der Verantwortlichkeit für ſeine Handlungen bewußt bleibt. Was gedenkſt Du denn jetzt zu thun? Du mußt Dich doch für etwas entſcheiden.

Sidney. Wie meinſt Du das, Papa?

General. Na, ich dächte, das wäre doch klar. — Du haſt zwei anſtändigen Damen Hoffnung auf Deine werte Per= ſönlichkeit gemacht und ſie dadurch zu unklugen Schritten ver= leitet: jetzt mußt Du Dich doch mal endgültig für eine von beiden entſcheiden.

Sidney (aufſpringend). Kannſt Du da überhaupt im Zweifel ſein, Papa? Jetzt, nachdem Du Daniela kennen ge= lernt haſt?

General. Ich bin nur im Zweifel darüber, ob Frau Weert zu ihrer Eroberung beſonders zu gratulieren iſt.

Sidney. Du biſt wirklich außerordentlich freundlich, Papa.

General. Wenn Du Dich dafür entſcheiden wollteſt, Dein Unrecht gegen Lilli gut zu machen, ſo könnte ich das ja begreifen. Alle Schwierigkeiten fallen da fort - ihr paßt ſo ſehr viel beſſer im Alter zu einander, und Frau Weert iſt ſicherlich viel zu ſtolz und vornehm empfindend, um nicht ſofort freiwillig auf einen Mann zu verzichten, deſſen Treue und Charakterfeſtigkeit ſie nicht von vornherein ganz ſicher iſt. Ich würde mich ſogar aus väterlicher Liebe der ſchweren Aufgabe unterziehen, mit der Dame zu reden.

Sidney (leidenſchaftlich ausbrechend). Ah, jetzt verſtehe ich! Auf dieſe Weiſe ſoll ich gefangen werden. Für die kleine Tönnies wäre ich alſo noch gerade gut genug! Die nimmt's nicht ſo genau, wenn ich ihr auch mit genügender Deutlichkeit geſagt habe, daß mein Herz ganz wo anders iſt! Thut nichts! Das nennt man im Stile unſerer ſtreng ſittlichen Geſellſchaft wieder gut machen! Es ist wirklich köstlich! Die Unbesonnenheit einer leichtsinnigen Stunde, die wirklich kaum ein paar Thränchen wert ist, soll dadurch gesühnt werden, daß man sich wie ein Wahnsinniger in eine Ehe hineinstürzt, bei der von vornherein die Illusion der Liebe fehlt — aus der unzweifelhaft nichts gutes werden kann! Ja, mein Gott, seht Ihr denn den Unsinn nicht ein?

Harriet. Papa, wollen wir uns das gefallen lassen?

General. Das ist nicht die Sprache, in der man zu seinem Vater redet, mein Junge. Außerdem hat Dein Gedankengang ein Loch. Wenn Du auch nur in einer leichtsinnigen Laune Deine Künste hast spielen lassen — das Mädchen kann Dich doch ehrlich lieben und dann ist für sie wenigstens das Unglück fertig. Wenn Du sie aber heiratest, so verzeiht sie Dir und liebt Dich ruhig weiter. Und Liebe pflegt Liebe zu erzeugen.

Sidney. Ich kann Dir nur wiederholen Papa: ich begreife nicht, wie Du mit einem solchen Vorschlag noch kommen kannst, nachdem Du Daniela kennen gelernt hast.

General. Ich komme mit gar keinem Vorschlag. Du bist vollkommen frei, zu thun was Dir beliebt. Ich zweifle nur nach dieser Probe, ob Du die Charakterstärke haben wirst, die andere, sehr viel schwierigere Sache durchzukämpfen.

Sidney. Ich werde sie durchkämpfen, verlaß Dich drauf, Papa. Jetzt zweifle ich nicht mehr an mir — jetzt nicht mehr! Fräulein von Tönnies werde ich schriftlich um Verzeihung bitten - damit muß es abgethan sein. (Thut ein paar erregte Schritte hin und her.) Ueberhaupt, nehmt mir's nicht übel: ist nicht ein bischen Heuchelei dabei, wenn man sich in unsern Kreisen gar so sehr über einen Kuß ereifert, den man einmal so en passant erwischt und den schließlich ein gesundes Mädel sich ganz gerne mal gefallen lassen kann?

Harriet. Gestatte, daß ich lache. Der Witz ist wirklich gut: den inneren Wert Eurer Gunstbezeugungen habt ihr gentlemen selbst zu bestimmen! A la bonheur! Will sich solch dummes Ding einen Kuß zu Herzen nehmen, so sagt Ihr einfach — nein bitte, der gilt nicht, der war blos Spaß, und damit seid Ihr die Verantwortung los und das Fräulein kann sich bei Euch noch für angenehme Unterhaltung bedanken.

Sidney. Na, ich muß gestehen, mich kann es höchstens bedenklich stimmen, wenn ein junges Mädchen sich gar so sehr um einen Kuß anstellt.

General. Hör' mal, Sidney, es ist sehr wenig vornehm, die Gesinnungen einer Dame, die man gekränkt hat, hinterher verdächtigen zu wollen. Du bist doch jedenfalls derjenige gewesen, der angefangen hat — oder willst Du vielleicht in der Geschmacklosigkeit so weit gehen, zu behaupten, daß das Fräulein Dich verführt habe?

Sidney (aufgeregt, nah vor den General tretend). Papa, wir wollen uns doch keine... (Verbeißt sich den Schluß des Satzes: „Injurien an den Kopf werfen".) Wer angefangen hat, das seid Ihr!

General. Wir? Nanu wird's Tag!

Harriet (gleichzeitig). Wir? Das ist ja unglaublich!

Sidney. Jawohl. Ihr habt sie mir auf dem Präsentierteller angeboten, ihr konntet Euch gar nicht genug thun, sie mir anzupreisen und Gelegenheit zu machen.

General. Warum denn nicht? Das Mädchen gefiel uns und wir hätten es sehr gern gesehen, wenn aus Euch ein Paar geworden wäre. Spare Dir doch Deine sittliche Entrüstung.

Sidney. Trotzdem Ihr wußtet, daß eine andere Frau ihr ganzes Schicksal in meine Hand gelegt hatte!

Harriet. Eine Frau, die über ihr Schicksal garnichts zu bestimmen hat.

Sidney (ohne auf sie zu hören). So wenig kennt Ihr mich, so wenig bin ich Euch wert, daß Ihr meint, ich ließe mich so einfach wie die erste beste Philisterseele anständig verheiraten? Du hast doch sonst selbst Deine Freude daran gehabt, Papa, daß ich nicht so ganz nach Schema F geraten bin. Nun also: ein Mann, der im Denken und Fühlen seine eigenen Wege zu gehen gewohnt ist, der kann auch nur eine Frau gebrauchen, von der er sicher ist, daß sie ihm freudig und rüstig auf diesem Wege folgen wird. Also packt Eure Puppe nur wieder sorgfältig ein und laßt sie auf die nächste Ausstellung reisen. Sie ist ja noch wie neu. Ich brauche einen Menschen zum Gefährten, denn ich gedenke mein Leben nicht zu verspielen.

Harriet. Bravo! Das kannst Du ja gleich drucken lassen. Willst Du mir jetzt vielleicht auch ein paar Zeilen erlauben? Darf ich Dich vielleicht darüber aufklären, was Familie heißt? (Sie ist nach vorne gekommen.)

Sidney (humoristisch). Um Gotteswillen, Schwesterchen, laß mich aus mit der heiligen Familie! (Schaut nach der Uhr.) Ihr müßt mich schon entschuldigen, ich habe mich schon um eine Viertelstunde verspätet. Ich kann unmöglich Daniela noch länger warten lassen. (Rasch ab durch die Mitte. Gleichzeitig hört man die Entreeglocke anschlagen.)

General. Himmeltausendsapperment nochmal — soll man sich nun darüber schlagen, daß man die Kränke kriegt, oder soll man dazu lachen? Da kommt man her, um seinem Herrn filius die Leviten zu lesen und kriegt statt dessen selber ein moralisches Donnerwetter übern Kopf, das nicht von Pappe ist, haha! Na, Jettchen, was sagst Du dazu?

Harriet. Was ich sage? Pu! Mach' mir bloß keine Wippchen vor, mein Junge, sage ich. (Die eintretende Daniela erblickend, halblaut.) Ah, das ist stark!

3. Auftritt.

Vorige. Sidney. Daniela.

Daniela (gefolgt von Sidney tritt rasch durch die Mitte ein und geht auf den General zu). Ah — Sie sind da, Excellenz? Dann darf ich freilich Ihren Herrn Sohn nicht schelten. Nicht wahr, Sie verzeihen mir, wenn ich ungeduldig wurde und es vorzog, ihn mir selbst zu holen, als noch länger auf der Straße zu warten. Ich störe doch wohl nicht?

General. O bitte sehr, meine gnädigste Frau, im Gegenteil. Wir sprachen eben von Ihrer Angelegenheit und ich hätte mir so wie so erlaubt, Sie heute Vormittag noch aufzusuchen.

Sidney (zu Daniela). Darf ich Ihnen meine Schwester vorstellen, gnädige Frau?

Daniela (nach einem raschen, verwunderten Blick auf Sidney, der Anrede wegen, auf Harriet zu). Ah — das freut mich aber ungemein, daß ich bei der Gelegenheit das Vergnügen habe, auch Ihre Bekanntschaft zu machen, gnädiges Fräulein. (Sie vollendet die warm begonnene Begrüßung in gleichgültigem Tone, da sie Harriets abweisende Miene bemerkt und läßt die ausgestreckte Hand langsam sinken.)

Harriet (verbeugt sich steif, beobachtet aber Daniela scharf).

Sidney. Bitte, wollen Sie sich nicht setzen? (Bietet Daniela den Platz auf dem Divan an.)

Harriet (die dort gestanden war, geht nach rechts und setzt sich nah beim General). Du Papa, mich entschuldigst Du wohl? Du weißt, ich wollte mich mit Lilli in der Stadt treffen.

General. Lilli kann schon einmal warten. Wir gehen nachher zusammen.

Harriet (achselzuckend). Wie Du willst.

Daniela (nach einer kleinen Verlegenheitspause). Es scheint doch, daß ich nicht sehr gelegen komme. Bitte, sagen Sie es nur ganz offen, gnädiges Fräulein.

Harriet. Oh — ich konnte nur nicht vermuten, daß Sie hierher kommen würden, gnädige Frau.

Daniela. Ah, Sie finden es wohl unpassend?

Harriet (zuckt die Achseln). Sie mögen ja anders darüber denken.

Daniela. Ich bin immerhin alt genug, um zu wissen, was ich thun darf. In meiner Lage denkt man eher an das Notwendige, als an das Passende.

Sidney (zu Daniela tretend und gezwungen lächelnd). Ganz denselben Grundsatz pflegt mein Fräulein Schwester sonst selber mit Nachdruck zu vertreten. Sie scheint mir heute nicht recht bei Humor. Aber sie gewinnt bei näherer Bekanntschaft. — Wie haben Sie die erste Nacht im neuen Quartier verbracht? Gut geschlafen?

Daniela. Das könnt ich gerade nicht behaupten. Sie können sich doch wohl denken, mein Freund, daß mir allerlei Gedanken im Kopf herumgingen. Um so mehr freute ich mich auf unseren verabredeten großen Spaziergang. Es ist frisch heute, die Luft wird mir gut thun.

General. Pardon, meine gnädige Frau, ist es nicht etwas unvorsichtig, wenn Sie sich mit Sidney so öffentlich und allein zeigen wollen? Sie müssen bedenken, er hat hier sehr viele Bekannte.

Daniela. Aber mich kennt kein halbes Dutzend Menschen in Berlin. Was thut das also, wenn man uns zusammen sieht?

General. Immerhin — man wird doch aufmerksam, man fragt doch: „Wer war die Dame?"

Daniela. Aber mein Gott, ich denke wir sind doch hier nicht in Krähwinkel!

Sidney. Ich bitte Dich, Papa, das müßte doch schon ein ganz merkwürdiger Zufall sein, der uns hier in Unannehmlichkeiten brächte.

General. Die unangenehmen Zufälle stellen sich mit Vorliebe ein, wo Heimlichkeiten im Spiele sind. (Zu Daniela.) Jedenfalls denken Sie doch nicht daran, sich jetzt schon dauernd oder auch nur für längere Zeit hier niederzulassen?

Daniela (verwundert). Daran dachte ich allerdings. Wo in aller Welt sollte ich denn sonst hin? Eltern habe ich nicht mehr und irgend welchen gleichgültigen Verwandten werde ich mich nicht aufdrängen.

General. Ja, aber meine verehrteste gnädige Frau, Sie können doch unmöglich die Scheidung hier abwarten wollen!

Daniela. Warum denn nicht?

General. Warum nicht?! Ja, pardon, da setzen Sie mich wirklich in Verlegenheit. (Er sieht Harriet, wie um ihre Unterstützung zu erbitten, an.)

Harriet (achselzuckend). Hm.

General. Mein Gott, der Ruf einer Dame ist etwas so... so...

Daniela. Durch meine Flucht habe ich mich ja so wie so schon bereit erklärt vor dem Gesetze die Schuld auf mich zu nehmen. Da kann es mir doch höchst gleichgültig sein, was der und jener etwa von mir denken mag. Wenn ich nur der Achtung Ihres Sohnes sicher bin — und Ihrer Achtung, Herr General.

Sidney. Aber ich bitte Dich, Papa, in ungewöhnlichen Verhältnissen kann man doch niemals darauf rechnen, daß die Welt guten Willen zum verstehen zeigt. Wozu wollen wir hier überhaupt irgend jemandem Einfluß auf unsere Privatangelegenheiten gönnen?

General. Du stehst aber mitten drin in dieser Welt, Du bist von ihr abhängig. Gerade weil Du sie mit regieren helfen sollst, darum mußt Du Dich von ihr am allerwenigsten emanzipieren.

Harriet (zu Sidney). Laufe Du doch nur einmal mit einer fremden und noch dazu auffallenden Dame irgend einem — na, sagen wir 'mal zum Beispiel dem alten Villiers über den Weg — den plagt doch die Neugier so lange, bis er herausbekommen hat, wer die Dame ist. Oder willst Du Dich vielleicht auf ein fortwährendes Lügen einrichten? Ich denke doch, dazu bist Du zu stolz.

Sidney. Ich denke auch.

Harriet. Nun also. Du weißt ganz gut, was für Dich auf dem Spiele steht.

Daniela (mit wachsendem Unwillen zu Sidney). Ich sehe, mein Freund, Ihre Familie ist um Ihren guten Ruf so besorgt, als ob Sie ein junges Mädchen wären, das vorteilhaft verheiratet werden soll. (Steht auf.) Ich will um keinen Preis die Ursache sein, daß Ihnen etwas zu leide geschieht.

Sidney (ihr beide Hände drückend, warm und flehend). Daniela!

General. Sie mißverstehen uns doch wohl, gnädige Frau. Glauben Sie mir, wenn ich Sie zu äußerster Vorsicht ermahne, so liegt mir Ihr Wohl ebenso aufrichtig am Herzen, wie das meines Sohnes. — Aber ich glaube, es wird gut sein, wenn die Damen sich darüber untereinander aussprechen. Ein Mann kann da nicht gut alles sagen. Mit meiner Tochter können Sie ganz offen reden. Sie kennt die Welt und ist schließlich doch von kleinlichen Vorurteilen frei.

Daniela. Wie Sie wünschen, Excellenz. (Setzt sich wieder.)

General. Komm', Sidney, wir wollen uns zurückziehen und drüben im Fremdenzimmer eine Friedenspfeife miteinander rauchen. (Zu Daniela gewendet.) Um das Nützliche mit dem Angenehmen zu verbinden, hehe.

Sidney (leise). Ich sehe nicht recht ein, Papa ...

General. Die Friedenspfeife kann natürlich auch 'ne Cigarre sein. Hast Du noch von der kleinen Henry Clay? (mit Verbeugung gegen Daniela). Also meine gnädige Frau ... (Ab mit Sidney durch die Mitte.)

4. Auftritt.

Daniela (und) Harriet.

Daniela (fein lächelnd). Also, wenn ich bitten darf, mein gnädiges Fräulein: Sie wollen die Güte haben, mich über die Gefahren zu belehren, die dem Ruf einer alleinstehenden Dame drohen.

Harriet (springt ungeduldig auf und geht auf Daniela zu). Ach, wissen Sie, wir wollen doch lieber keine Komödie vor einander spielen. Sie haben ganz Recht, wenn Sie sich über Papa's sonderbare Idee lustig machen. Als ob ich Ihnen zu sagen brauchte, daß es gefährlich ist, mit dem Feuer zu spielen! Offen gestanden, es ist mir auch ganz gleichgültig, ob Sie sich mit Ihrer Leidenschaft die Finger verbrennen oder nicht.

Daniela. Sie sind außerordentlich liebenswürdig.

Harriet. Ja, wenn Sie überhaupt meine Meinung hören wollen, dann müssen Sie schon darauf gefaßt sein, daß ich kein Blatt vor den Mund nehme. Sie mögen der allervortrefflichste Mensch von der Welt sein, ein goldner Charakter, ein reicher Geist und was weiß ich, ich zweifle keinen Augenblick daran. Und wenn ich Ihnen irgendwo als Frau Professor Soundso begegnete, würde ich die Ehre gewiß zu schätzen wissen und Ihnen alle mögliche Hochachtung erweisen. Aber Sie wollen auf einem durchaus ungewöhnlichen Wege ein Mitglied unserer Familie werden. Und das verändert für mich den Standpunkt vollkommen.

Daniela. Also Sie entrüsten sich im Namen der Familie, wenn ich Sie recht verstehe.

Harriet. Allerdings und in allem Ernste.

Daniela (erhebt sich gleichfalls). Ich bedeute eine Gefahr für Ihren Bruder. Wollen Sie mir das nicht näher erklären?

Harriet. Ich begreife nicht, daß Sie das nicht einsehen. Mein Bruder ist dazu bestimmt, Karriere zu machen. Er hat alles Zeug zu einem Diplomaten. Man wünscht ihn an den Hof zu ziehen. Er hat glänzende Beziehungen, alle Wege stehen ihm offen. Aber wenn er eine unkluge Ehe eingeht, so fallen ihm überall die Schlagbäume vor der Nase zu. Da haben Sie klipp und klar die Wahrheit.

Daniela (nach kurzem Nachdenken). Es mag sein, daß Sie Recht haben. Wollen Sie aber behaupten, daß Ihr Bruder notwendig unglücklich wird, wenn er nicht mehr zu Hofe gehen könnte, oder selbst, wenn ihm die diplomatische Karriere verdorben würde?

Harriet. Ich sollte doch wenigstens meinen, daß ein Mann seines Lebens nicht mehr recht froh werden könnte, wenn er aus dem Berufe hinausgedrängt wird, für den er geboren ist.

Daniela. Gut also. Fragen wir ihn doch selbst. Wenn es wahr ist, daß er sich zum Diplomaten geboren fühlt und zu nichts anderem in der Welt, dann gebe ich ihn frei. Ich will ihn ja doch glücklich machen. Wenn er mir nicht jeden Tag seines Lebens meine Liebe danken kann, dann besitze ich ihn ja doch nicht. — Also bitte, rufen Sie ihn her, ich will ihn fragen, gleich auf der Stelle vor Ihnen und seinem Vater. Er soll sich entscheiden und wenn er will — (sehr bewegt) — gut, dann gehe ich ihm aus der Sonne. Ich habe solange im Schatten gestanden, ich werde wohl... (Die Stimme versagt ihr.)

Harriet (freundlicher als bisher). Aber gnädige Frau — wenn Sie ihn fragen, können Sie doch wohl nicht im Zweifel sein, was er antworten muß. Er liebt Sie ja doch und Sie stehen vor ihm und schauen mit großen Augen zu ihm auf und fragen ihn mit bebender Stimme... Ich bitte Sie um alles in der Welt! Selbstverständlich ruft er Sonne, Mond und Sterne zu Zeugen an, daß er lieber mit Ihnen Steinklopfer, als ohne Sie Botschafter in Paris sein möchte.

Daniela (sich nervös über die Stirn fahrend). Ah so — ich verstehe. — Ich weiß nicht — ich - ich begegne hier in der Familie einem Mißtrauen unter einander... Halten Sie denn Ihren Bruder wirklich für fähig seine wahre Herzensmeinung abzuleugnen, selbst wenn es sich um eine solche Schicksalsfrage handelt? Ich habe ihn im Gegenteil immer so offen und ehrlich gefunden — Sie behaupten freilich, er sei zum Diplomaten geboren.

Harriet. Damit will ich durchaus nicht sagen, daß er lügt oder heuchelt, aber in der Leidenschaft — mein Gott!

Daniela. Ah so — die Schwüre der Verliebten trägt der Wind davon. — Mir hat er nichts geschworen. Ich habe ihm ohne das vertraut — sogar ohne Worte. Finden Sie ihn etwa leichtsinnig oder unbeständig? (Da Harriet schweigt.) Es scheint fast so. Ich habe den entgegengesetzten Eindruck von ihm bekommen. Ich finde ihn so ruhig, seiner selbst bewußt, überlegt und sicher — weit über seine Jahre hinaus.

Harriet. Sidny?! Ach der ist noch so jung — besonders wo es sich um Frauen handelt.

Daniela (stutzt). Worauf spielen Sie an? Vielleicht auf die junge Dame, die gestern Abend hier war? — O bitte, Sie verraten nichts, er hat mir selbst alles gesagt.

Harriet. Und Sie finden nichts dabei, wenn ein Mann, der sich selbst als gebunden betrachtet ein junges Mädchen zum Spaß abküßt?

Daniela (zuckt zusammen und geht, um ihre unangenehme Ueberraschung zu verbergen, nach dem Hintergrund. Kleine Pause. Dann mühsam lächelnd). Also der Kuß ist es, der die kleine Plänkelei zum Verbrechen macht? Ein Wort kann oft schlimmer sein, als ungezählte Küsse. Das kommt auf die betreffende Dame an.

Harriet. Fräulein von Tönnies ist ein junges Mädchen aus bester Familie, eine Waise und obendrein unser Gast.

Daniela (kommt während des Folgenden nach vorn und wird immer erregter). Fräulein von Tönnies ist jahrelang mit ihrer Mutter in fashionablen Bädern herum gezogen, habe ich mir sagen lassen. Sie ist hübsch, aber belanglos und ohne Vermögen, nicht wahr? Sie wollte also auf diese Weise eine gute Parthie zu machen suchen — das ist doch klar.

Harriet. Warum nicht? Mehr oder minder ist das doch die Absicht...

Daniela. Aller jungen Damen von Stande. Ganz recht. Und eine solche junge Dame von Stande halten Sie unter allen Umständen eines Mannes wie Sidney für würdiger als eine geschiedene Frau!

Harriet. Und Sie scheinen junge Damen dieser Art unter allen Umständen für minderwertige Geschöpfe zu halten. Ich weiß nicht, wer da von uns beiden das schlimmere Vorurteil hegt. Haben Sie schon immer so schroff gedacht über die heiratslustigen armen Mädchen?

Daniela. Jawohl, so schroff habe ich schon immer gedacht über diese Art. Glauben Sie wirklich, daß ein junges Mädchen jahrelang sich dazu hergeben kann, vor der Welt eine raffinierte Komödie zu spielen, ohne am Ende jedes Gefühl für ihre Menschenwürde zu verlieren? Das heißt, ja — eins dürfen Sie mir einwenden: was können die armen Dinger für ihre Erziehung! Freilich ja: in der Kinderstube legt man schon den Grund zu der wohlanständigen Dummheit, die man so hochschätzt an uns. Bis so ein Mädchen erwachsen ist und ausgeführt wird, läßt man es in Unwissenheit über die allerwichtigsten Dinge dahin dämmern; alles Bestehende in der Gesellschaft, der es angehört, wird ihm als weise und unabänderlich dargestellt; seine Unterhaltung besteht in Nichtigkeiten; seine Lektüre in albernem, sentimentalem Gewäsch; nie hörte es ein Ding beim rechten Namen nennen — damit der Blütenstaub nicht von der jungen Seele gewischt werde, wie man so schön zu sagen pflegt. Ach, guter Gott, es ist wirklich zum Erbarmen! —

Harriet. Ja und Amen, ist es auch! Ich hasse die Hulegänschen mit dem Blütenstaub. Aber schließlich; es ist doch nicht jede robust genug um die Wahrheit zu vertragen.

Daniela. O bitte — was macht uns denn so schwach? Das Nicht=Wissen, die dumme Kinderangst im Dunkeln. Was macht uns denn am allerunglücklichsten? Der große Schreck, wenn die Wirklichkeit plötzlich unsere Illusionen zerstört. Wohin sollen diese Geschöpfe kommen, die nur die eine Wahrheit erkennen gelernt, daß sie weder Charakter, noch Talente, noch Vermögen haben und daher gezwungen sind, auf den Männerfang auszugehen? Die Lüge muß ja doch schließlich ihr Lebenselement werden — sie lernen ja die Heuchelei als Profession! Wenn sie lachen, wenn sie weinen — Mittel zum Zweck! Wir Frauen durchschauen diese Art doch fast immer — wollen Sie verlangen, daß ein kluger Mann sich von ihr nasführen lassen soll?

Harriet. Ah so — da wollen Sie hinaus? Den braven Sibby entschuldigen dafür, daß er die kleine Tönnies geküßt und zu einem Stelldichein verleitet hat? Hm — na!

Daniela. Wissen Sie denn nicht, daß es zu den stärksten aber sichersten Mitteln dieser Damen gehört, sich ein bischen kompromittieren zu lassen?

Harriet. Dieser Damen? Erlauben Sie mal, ich meine, man thut doch wohl den Menschen immer ein Unrecht, wenn man sie so einfach nach der Klasse beurteilt, in die sie unge= fähr hinein gehören mögen.

Daniela (leidenschaftlich ausbrechend). Ja, ganz gewiß; aber mir thun Sie kein Unrecht, wenn Sie mich einfach abthun als Frau in unklaren Verhältnissen, nicht wahr? Die lohnt es gar nicht der Mühe besser kennen zu lernen! O bitte, sagen Sie es nur gerade heraus; Sie rühmten sich ja Ihrer Offenheit — und mir ist's lieb, wenn ich mich bei Zeiten daran ge= wöhne. Ich werde es ja nun doch oft genug zu hören bekommen in allen Tonarten: eine geschiedene Frau! — Achtung, Gasse frei, daß sie uns nur nicht etwa mit dem Ellbogen anstößt! (Läßt sich mit einer heftigen Geberde auf den Divan fallen.)

Harriet. Das will ich ja nicht sagen. (Gebt auf Daniela zu, liebenswürdig beruhigend.) Ich bitte Sie, gnädige Frau, regen Sie sich doch nicht so auf. Ich denke wirklich nicht daran, irgend etwas gegen Ihre Person . . .

Daniela. Nein, behüte der Himmel! Sie wollen ja nur die Familie intakt erhalten. Mein Gott, welche Familie denn? Ein Mann der heiratet, gründet doch eine neue Familie, für die er allein die Verantwortung übernimmt und die ihm doch wahrhaftig näher steht, als die andere. Und wenn aus einer neuen Familie etwas werden soll, da kommt es doch vor allen Dingen darauf an, daß die Frau eine Eben= bürtige sei — geistig verstanden — mein gnädiges Fräulein, geistig!

Harriet (nach einer kleinen Pause des Nachdenkens). Es ist jammerschade, daß Sie kein Mann sind.

Daniela. Warum? Weil Sie das geistige Gepäck bei einer Frau für Luxus halten?

Harriet. Nein — weil wir dann sehr gute Freunde hätten werden können.

5. Auftritt.

Vorige. General. (Gleich darauf) **Adam.**

General (durch die Mitte, rauchend). Um Vergebung. Sidney wird ungeduldig. Er schickt mich auf Kundschaft aus.

Harriet. Laß ihn nur ruhig kommen, Papa. Es thut mir nur leid, daß er nicht gehorcht hat.

General. Ah — Was willst Du damit sagen? (Blickt nengierig zwischen Beiden hin und her. Auf Daniela zu.) Aber meine gnädige Frau, Sie sind so echauffiert — haben Sie Verdruß gehabt? Ich will doch nicht hoffen, daß meine Tochter in ihrer etwas rücksichtslosen Art Sie verletzt hat?

Harriet. Ich? Na aber bitte sehr! Ich habe überhaupt nichts gesagt.

Daniela (mühsam lächelnd). Ja, ich glaube wahrhaftig, ich habe so ziemlich allein gesprochen. Verzeihen Sie mir, wenn ich mich habe hinreißen lassen. Mein Herz war so voll davon und ich habe solange schweigen müssen.

Adam (tritt hinten ein, stutzt, da er Daniela sieht und will wieder hinaus).

General. Suchen Sie meinen Sohn? Der ist drüben. Ach — warten Sie mal, Adam — Sie könnten mir nachher einen Gefallen thun, wenn Sie hier nicht mehr gebraucht werden. Gehen Sie doch mal...

Adam. Entschuldigen Excellenz, ich kann keinen Auftrag mehr annehmen.

General. Wieso? Was heißt das?

Adam. Herr Baron haben mich entlassen. Ich will nur noch die Livree abliefern, dann geh ich.

General. Was tausend! So plötzlich? Weshalb denn?

Adam (auf Daniela deutend). Die Dame da wird es wohl gewünscht haben.

General. So? — Na, 's ist gut. Mein Sohn wird wohl wissen weshalb.

Adam (macht stramm kehrt und geht ab, Mitte).

General. Pardon, gnädige Frau, ich zweifle nicht, daß Sie Grund hatten, sich über den Esel zu alterieren; aber....

6. Auftritt.

Vorige. Sidney. (Zuletzt) **Adam.**

Sidney (durch die Mitte). Darf ich? (Auf eine einladende Handbewegung des Generals tritt er näher und geht zu Daniela, leise.)

Verzeih', ich konnte den Adam unmöglich früher fortkriegen. Aber er geht jetzt gleich.

General. Aber unvorsichtig war es doch.

Daniela. Was kann mir schließlich ein Hintertreppen=klatsch anhaben?

Harriet. Und wenn nun jemand Ihrem Gatten schriebe, wo Sie gestern Abend gewesen sind?

Daniela. Jemand? Wer sollte das sein?

Harriet. Adam ist nicht der Einzige, den Sie sich zum Feinde gemacht haben. Vergessen Sie das nicht.

Sidney (zu Harriet). Du willst doch nicht etwa sagen, daß die Tönnies so nichtswürdig sein könnte!

Daniela (aufstöhnend). Oh! —

Harriet. Ich heiße nicht. Uebrigens sehe ich sie ja nachher gleich wieder. Es wird doch gut sein, wenn ich... Na, lassen Sie mich nur machen. Lilli nehm' ich auf mich.

Daniela. Ich danke Ihnen.

Adam (durch die Mitte, meldend). Herr Oberkammerherr von Villiers.

(General, Harriet, Sidney fahren erschrocken zusammen; Daniela steht in Gedanken versunken, die Hand vor den Augen, ohne zu hören.)

General. Sapperment, da soll doch... (Leise zu Adam.) Es ist niemand zu Hause, verstanden?

Adam (laut). Ich habe schon gesagt, daß Besuch da ist, aber der Herr läßt sich nicht abweisen. Er käme im aller=höchsten Auftrag.

Sidney. Ich will doch selbst... (Will hinaus.)

General. Nein laß nur, geht nicht. (Winkt Adam.)

Adam (ab).

General (rasch zu Daniela tretend, leise und dringend). Meine gnädige Frau, dieser Herr darf Sie hier nicht sehen. Um Ihrer selbst willen! Ich muß Sie schon bitten, noch einmal da hinein zu treten. (Zeigt auf das Schlafzimmer.)

Daniela (fest). Nein, Excellenz — das Zimmer betrete ich nicht wieder. Auch nicht, wenn Sie mich darum bitten. (Geht nach links hinten.)

Adam (öffnet Villiers die Thür, dann ab).

7. Auftritt.

Vorige. von Villiers.

Villiers (rasch nach vorn kommend, lebhaft). Verleugnen lassen gilt nicht — nein, nein, mein lieber Baron, hehe. Allerhöchster Auftrag. — Ah, Excellenz — habe die Ehre! Mein gnädiges Fräulein. (Reicht dem General die Hand und verbeugt sich vor Harriet.) Es ist mir doppelt erfreulich, daß ich in diesem feierlichen Augenblicke die ganze verehrte Familie derer von Veldegg beisammen treffe.

General (immer bestrebt, sich so zu stellen, daß Villiers Daniela nicht sieht und Sidney von ihm zurückhaltend). Ja, was bringen Sie denn Schönes, mein lieber Herr von Villiers? Sie sehen ja ganz echauffiert aus. Wollen Sie nicht bitte hier Platz nehmen? (Nimmt ihn unter dem Arm und führt ihn nach dem Divan).

Villiers. Danke, danke! (Steckt die Hand in die Tasche seines Rockschooßes. Zu Sidney). Raten Sie mal, was ich da drin habe? (Holt ein kleines Packet hervor, das er während des Folgenden umständlich auswickelt). Hat natürlich keine Ahnung, der bescheidene junge Herr, hehe! Ja, ich muß wirklich sagen, ich war selbst überrascht, daß die Geschichte so rasch zum Klappen gekommen ist. Allerdings habe ich es an dem nötigen Nachdruck bei meinen Bemühungen nicht fehlen lassen. Mein Gott, sein bischen Einfluß hat man ja am Ende doch auch, hehe!

Sidney (der unruhig, sich oft nach Daniela umsehend, vor dem Schreibtisch gestanden ist). Pardon, Herr von Villiers, darf ich mir erlauben . . . (mit Handbewegung nach Daniela).

Villiers (mißverstehend, eifrig fortfahrend). Nein, danke sehr, ich rauche noch immer nicht. Mein Katarrh, ahem . . .

General (unruhig). Na, nu zeigen Sie doch mal her. Wir sind furchtbar neugierig.

Harriet (nähertretend). Das sieht ja aus wie ein Schmuckgegenstand.

Villiers. Richtig! Bravo! Jawohl, mein lieber junger Freund, ein hübscher, kleiner Schmuckgegenstand. Metallwert gering, aber die Ehre! Ich schätze es mir zum ganz besonderen Vorzug, daß ich persönlich der Ueberbringer dieser Auszeichnung sein darf. (Knipst das Etui auf und holt einen Orden hervor, den er Sidney an die Brust hält). Sehen Sie, da kommt er herbeigeschwebt, der nette kleine Vogel. Der erste seiner Art, hehe! Vivat sequens! Macht sich allerliebst, was?

General. Ah, ich muß sagen...! Das ist eine Ueberraschung — nicht wahr, mein Junge? Wie haben Sie das denn angestellt, alter Freund und Gönner?

Sidney (etwas abwehrend, zurücktretend). Ja, ich weiß wirklich nicht, für welches Verdienst ich damit belohnt werden soll.

Villiers. Hehe, Sie Spaßvogel, Sie! Den Seinen schickt's der Herr im Schlaf. Uebrigens, Scherz beiseite: die Verdienste werden schon kommen. Majestät rechnet stark auf Sie. Sie gehören ja schließlich doch zu uns, nicht wahr? Wenn Sie auch bisher noch manchmal gewisse kleine demokratische Anwandlungen verspürt haben mögen. Mein Gott, das sind so Kinderkrankheiten, das liegt in der Zeit. (Sich zum General wendend.) Hab' ich nicht Recht, Excellenz? Wenn erst einmal der erste Stern am dunkeln Firmament des schwarzen Fracks aufgegangen ist, dann fängt es auch im Köpfchen an hell zu werden. Man sieht seine Jugendsünden ein und damit ist schon der erste Schritt zur Besserung gethan. Mir ist gar nicht mehr bange um Sie, mein lieber junger Freund — besonders seit gestern. (Auf Harriet zu.) Ach, mein gnädiges Fräulein, haben Sie nicht vielleicht eine Stecknadel zur Hand?

Harriet (an ihrer Taille suchend). Ich glaube ja. — Wieso seit gestern?

v. Villiers (leise). Ich hörte doch gestern von einer gewissen sehr reizenden jungen Dame.... Hab' ich Recht? Hehehe!

Harriet. Hier ist eine Stecknadel. (Reicht ihm eine solche.)

v. Villiers (tritt wieder zu Sidney und steckt ihm den Orden auf der rechten Rockseite fest). Wir müssen doch gleich... halten Sie doch still, mein Lieber. Es thut ja nicht weh. Ja, ja, ja, nicht wahr? Der erste Schreck, hehehe! Das nächste Mal wird das schon glatter gehen; denn wissen Sie, wenn erst einmal der horror vacui überwunden ist, dann brauchen Sie sich nur an die rechte Stelle hinzustellen und die Sternchen regnen nur so auf Sie herunter.

Sidney. Sie sind wirklich zu liebenswürdig, Herr von Villiers. (Mit Blick auf Daniela.) Gestatten Sie, daß ich Ihnen...

v. Villiers. O bitte sehr, keinen Dank, es war mir ein Vergnügen. — So, jetzt müssen Sie mal den Effekt bewundern. Wo haben Sie denn hier einen Spiegel? (Schaut sich um, erblickt Daniela.) Ah, pardon, ich habe gar nicht bemerkt — darf ich bitten, mich der Dame vorzustellen?

General (räuspert sich, will etwas sagen).

Sidney (rasch auf Daniela zu, vorstellend). Sie gestatten gnädige Frau, daß ich Ihnen Herrn von Villiers vorstelle. Oberkammerherr Ihrer Majestät der Königin — Frau Professor Weert aus Königsberg.

v. Villiers (stutzt, sieht die Anwesenden der Reihe nach mit einem dummen Gesicht an, faßt sich aber rasch). Frau Professor Weert? Aeh, hmhem! Freut mich sehr, daß ich die Ehre habe. Ich glaube von Ihnen gehört zu haben — äh, das heißt, der Ruf Ihres gelehrten Herrn Gemahls.... Ihre Majestät interessiert sich lebhaft für die Vorgänge auf den Universitäten und äh — ich darf wohl sagen, ganz besonders für Königsberg.

Daniela (mit leichter Verbeugung lächelnd). Ihre Majestät sind sehr gnädig.

v. Villiers. Jawohl. Königsberg als alte Krönungs= stadt erfreut sich immer eines ganz besonderen Wohlwollens seitens der allerhöchsten Herrschaften.

General. Gnädige Frau war so liebenswürdig uns auf der Durchreise das Vergnügen zu machen.

v. Villiers. So, so, so, das ist ja sehr... (zu Sidney etwas beklommen.) Ich ziehe mich zurück, lieber Baron, Sie werden sich Ihrem Besuch widmen wollen. Darf ich vielleicht Ihrer Majestät einstweilen Ihren Dank ausdrücken? Sie werden sich doch natürlich beeilen, persönlich — nicht wahr? Denn, vergessen Sie nicht, daß Sie Ihrer Majestät in erster Linie diese Auszeichnung verdanken. (Sich vor dem General verbeugend.) Excellenz.

General. Ah was, mein Verehrtester, so kommen Sie nicht davon. Da wir schon einmal Zeugen dieses — freudigen Familienereignisses gewesen sind, so müssen wir doch mindestens eine Flasche darauf ausstechen. Lassen Sie sich breitschlagen, kommen Sie mit zu Uhl. Wir wollten so wie so heute in der Stadt essen.

v. Villiers (mit Blick auf Daniela). Sie sind wirklich außerordentlich liebenswürdig, Excellenz. Wenn die gnädige Frau gestattet, daß ein Eindringling...

General. Die gnädige Frau kann leider nicht mit von der Partie sein. Sie reist schon in einer Stunde ab und mein Sohn wird sie wohl zum Bahnhof begleiten.

Sidney. Gewiß Papa.

General. Also dann kommen Sie, lieber Freund. (Auf Daniela zu, ihr die Hand reichend.) Uns entschuldigen Sie wohl gütigst, meine Gnädigste. Es war mir ein aufrichtiges Vergnügen, Sie endlich auch persönlich kennen zu lernen. Darf ich bitten, mich unbekannter Weise Ihrem Herrn Gemahl zu Füßen zu legen? Und versäumen Sie ja nicht, uns von Zeit zu Zeit von Ihrem Ergehen Nachricht zukommen zu lassen — durch meine Tochter vielleicht. Also — recht glückliche Reise! (Schüttelt ihr kräftig die Hand.)

Daniela (sich mühsam beherrschend). Ich danke Ihnen, Excellenz, für die große Liebenswürdigkeit, die Sie mir erwiesen haben.

Harriet (geht auf Daniela zu). Gnädige Frau, es war wirklich sehr freundlich von Ihnen, uns trotz Ihres kurzen Aufenthaltes hier aufzusuchen. (Spricht leise mit ihr weiter.)

General (zu Sidney tretend). Du kommst vielleicht später nach, wenn Du kannst, nicht wahr? Bis um Eins findest Du uns sicher noch beim Dejeuner, haha. (Leise.) Thu Deine Schuldigkeit. Denn da werd ich die Sache plausibel zu machen suchen. (Laut.) Also 'n Morgen. (Zu Daniela.) Meine gnädige Frau, ich überlasse Sie also dem Schutze meines Sohnes. (Verbeugung, nimmt Villiers unter den Arm.) Kommen Sie, Villiers. Die alte Garde soll den Weg zeigen.

v. Villiers (verbeugt sich kurz vor Daniela und Sidney). Ich habe die Ehre! (Ab mit General.)

Harriet (rasch zu Daniela). Es ist schließlich ganz gut, daß es so gekommen ist. Jetzt sehen Sie doch die Gefahr. — Leben Sie wohl und versuchen Sie, uns nicht böse zu sein. Die Verhältnisse sind oft stärker als wir. Wollen Sie mir nicht Ihre Hand geben?

Daniela (ihr flüchtig die Hand drückend). Leben Sie wohl!

Harriet (Sidney kurz zunickend, rasch ab, Mitte).

8. Auftritt.

Sidney. Daniela. (Gleich darauf) **Adam.**

Daniela (nach kurzer Pause). Da wär' ich denn also in aller Form hinausgeworfen.

Sidney (rasch auf sie zu, umarmt sie). Aber Daniela! Ich bitte Dich! Das war doch so nicht gemeint. Das war doch natürlich nur ein Einfall von Papa, um die Klatschbase, den alten Villiers unschädlich zu machen. Uebrigens ein sehr guter Einfall!

Daniela. So? Und Deine Schwester? Wenn das keine regelrechte Verabschiedung auf Nimmerwiedersehen war, dann weiß ich nicht! (Sucht sich los zu machen.) Nein, nein, ich bitte Dich, laß mich los, ich bleibe keine Minute länger. Ich will Dich nicht noch mehr compromittiren.

Sidney. Daniela! Liebste! Sprich doch nicht von mir!

Daniela (ihn wehmütig freundlich anlächelnd). Es ist wahr, verzeih mir. Ich danke Dir, daß Du mich nicht verleugnet hast.

Sidney. Hast Du denn das von mir erwartet?

Daniela (sich langsam von ihm losmachend). Ich weiß wirklich nicht. Ich bin so.... (fährt sich über die Stirn). Ich weiß nicht mehr, was ich denken soll. Ich kann überhaupt nichts mehr denken. Verzeih mir, ich — ich kann nicht mehr! (Läßt sich auf den nächsten Stuhl im Hintergrunde fallen, drückt die Stirn gegen die Lehne und weint.)

Sidney (streicht ihr beruhigend über Schultern und Arme). Meine arme Daniela! Sie haben Dir hart zugesetzt, wahrhaftig. Aber fasse doch Mut, es ist ja nichts verloren; im Gegenteil, Du hast ja sogar die unerbittliche Harriet ins Wanken gebracht. Ja wahrhaftig, ich habe es ihr deutlich angemerkt. Wer kann denn Dir auch auf die Dauer widerstehen? Weine doch nicht, Liebe, Süße!

Daniela (sich die Thränen trocknend). Laß nur, es geht schon vorüber. Ich bin kindisch, nicht wahr?

(Es klopft an der Mittelthür.)

Daniela (rafft sich rasch empor, drückt Sidney beide Hände). Adieu mein Freund! Leb wohl! Man darf uns hier nicht mehr beisammen sehen. Bring mich bis an die Thür.

Sidney (drängt sie mit sanfter Gewalt beiseite und schreitet dann auf die Thür zu). Nicht doch! Nicht doch! (Laut.) Was giebt's denn?

Adam (öffnet die Mittelthür ein wenig. Er hat einen Civilrock an). Ich wollte mich verabschieden, wenn Herr Baron erlauben.

Sidney. Jawohl, ich komme. (Zu Daniela.) Entschuldige nur einen Augenblick. (Ab.)

Daniela (allein, sieht ihm ein Weilchen nach. Dann macht sie in mühsam schleppendem Schritt einen Gang durchs Zimmer, sieht sich überall um und berührt verschiedene Möbelstücke, wobei sie leise vor sich hinmurmelt). Adieu! — Adieu! — Adieu! (Sie seufzt tief auf und preßt schwer atmend die Hand aufs Herz; dann rasch auf das Erkerfenster zu und öffnet es. Die Luft tief einsaugend.) Ah! (Sie zieht sich einen Stuhl ans Fenster. Das Sonnenlicht fällt voll auf sie. Sie starrt hinaus, bis ihr die Augen übergehen. Dann wendet sie sich ab, preßt die Hände in die Augenhöhlen und schluchzt, sich windend vor Seelenschmerz, leise vor sich hin.) O mein Gott — nein — nein — nein! Ich kann ja nicht! (Steht auf, macht eine Bewegung, wie um ihre Schwäche abzuschütteln, geht rasch bis zur Mittelthür, bleibt stehen, bricht in neue Thränen aus und schluchzt, sich matt an den Thürpfosten lehnend.) Ich kann ja nicht!

Sidney (tritt rasch wieder ein, sieht Daniela, zieht sie stürmisch an seine Brust und küßt ihr die Thränen von den Wangen.) Wir sind allein, Liebchen. Ganz allein: Jetzt darfst Du nicht mehr weinen.

(Lange Umarmung.)

Daniela (sich sanft losmachend). Jetzt laß mich gehen.

Sidney (sie weiter nach vorne führend). Nein, ich lasse Dich nicht. Jetzt darfst Du nicht gehen.

Daniela. Ich muß doch. Sie haben ja ganz Recht mit ihrem Warnen und Drohen. Ich muß mich irgendwo verstecken, wo mich kein Mensch kennt und wo mich niemand findet — Du auch nicht — bis alles vorüber ist. Wirst Du mich auch nicht vergessen inzwischen?

6*

Sidney. Daniela! Wenn Du nur vergessen kannst, wie schwach ich gestern gewesen bin. Das ist vorüber. Glaube mir, das ist vorüber! Was haben sie ausgerichtet mit ihren hundert Gründen und Bedenklichkeiten? Es ist doch gut, daß sie soviel geredet haben. Sie haben es doch erreicht, mich zu überzeugen — und Dich auch, nicht wahr? -- daß wir ausgemachte Narren wären, wenn wir uns vor der Welt noch fürchten wollten.

Daniela (lächelnd). Bist Du so übermütig? Und sie haben Dich doch an die Kette gelegt. (Tippt auf den Orden an seiner Brust.)

Sidney (ihn rasch losmachend). Haha — das da! Nein, das da soll nicht mehr zwischen uns sein, wenn ich Dich umarme! (Umarmt sie lachend.)

Daniela (nimmt ihm den Orden aus der Hand, spielt damit). Wirklich? Soll ich gar kein bischen Angst vor ihm haben? Du hast ja gehört, was der alte Herr gesagt hat.

Sidney (nimmt ihr den Orden aus der Hand und legt ihn in das Etui zurück, das auf dem Schreibtisch stehen geblieben ist). Haha! Da kann er warten bis er schwarz wird! So billig verkaufen wir uns denn doch nicht.

Daniela. Was willst Du thun? Du kannst ihn doch nicht zurückschicken.

Sidney. Nein, gewiß nicht. Sie haben es ja gut gemeint — aber ich meine es besser mit mir. Ich werde mich unterthänigst bedanken und wenn sie mir noch einmal mit ihrem Vorschlage kommen, dann werde ich Ihnen sagen, daß ich auf die Ehre verzichten müsse. Meine Freiheit sei mir lieber.

Daniela (freudig). Sidney! Und was willst Du thun mit Deiner Freiheit?

Sidney. Sie mit Dir teilen, Du süßes, herrliches Weib!

Daniela. Siehst Du, dafür bekommst Du schon Deinen zweiten Orden. (Legt sanft ihre Arme um seine Schultern und küßt ihn.)

Sidney (hält sie fest). Und auf den bin ich stolz! — Nicht wahr, jetzt reden wir nicht mehr von Flucht und Verstecken?

Daniela (sucht sich loszumachen). Nein, nein! Jetzt wollen wir vernünftig sein. Komm, laß uns gehen -- der Tag ist so schön! (Auf das offene Fenster deutend). Ich mußte die Sonne herein lassen.

Sidney. Die Sonne ist da, wenn Du bleibst, wenn Du mir sagst, daß Du mich liebst, daß Du mir ganz vertraust.

Daniela (ihm beide Hände reichend). Ja — ja! Ich vertraue Dir ganz.

Sidney. Dann bleib und laß uns mit einander kämpfen. (Er führt sie, den Arm um sie schlingend, nach dem Diwan und nötigt sie, sich mit ihm hinzusetzen.)

Daniela. Nicht doch, wozu? Jetzt kämpfe ich es auch allein durch.

Sidney. Nein, nein, wenn Du mich so liebst, wie ich Dich, dann kannst Du nicht ohne mich kämpfen. Ich will aber den Kampf. Ich verdiente Dich ja doch sonst nicht, Du Kühne, Du Starke — ach Du, Du — wie ich Dich liebe! (Er sinkt vor ihr auf die Knie und umklammert ihren Leib.)

Daniela (ängstlich). Sidney! Liebster, nicht so! Laß mich gehen.

Sidney. Nein, bleib — bleib — bleib noch! Laß die Sonne nicht hinaus — der Tag ist so kurz.

Daniela (ganz leise flüsternd, indem sie seinen Kopf in ihre Hände nimmt und sich über ihn beugt). Was machst Du aus mir!

(Der Vorhang fällt.)

Vierter Aufzug.

(Dieselbe Scene, wenige Stunden später. Die Fenster sind geschlossen, die Vorhänge zugezogen, mildes Dämmerlicht. Der Eßtisch ist gedeckt, ähnlich wie im ersten Aufzug.)

1. Auftritt.

Sidney. Daniela (sitzen am Eßtisch).

Daniela (aufstehend). Nein, bitte rede mir nicht zu. Ich kann jetzt nicht essen.

Sidney (sie an der Hand fest haltend). Aber Du kannst doch unmöglich bis um 6 Uhr aushalten. Ich kann Dir ja allerdings nur das Bischen kalte Küche anbieten. Wenn ich jemanden zum schicken hätte, würde ich Dir ein Beefsteak vom nächsten Schlächter holen lassen und es Dir über Spiritus braten. Du, ich sage Dir, als Reservelieutenant im Manöver war ich berühmt für meine Beefsteaks.

Daniela (sich ungeduldig losmachend). Laß nur, laß nur, ich kann nicht essen.

Sidney. Nimmst Du mir es sehr übel, wenn ich noch einmal zulange? Ich habe einen ganz pöbelhaften Hunger.

Daniela (geht nach vorn, setzt sich müde auf den Divan). Bitte, laß Dich nicht stören.

Sidney (legt sich auf und beginnt zu essen und zu trinken.) Na, dann mach ich von Deiner freundlichen Erlaubnis Gebrauch. Sieh mal Liebchen, eh' es nicht dunkel ist, können wir uns doch nicht gut mit einander auf der Straße sehen lassen. Dann führe ich Dich in ein anständiges Restaurant etwas abseits vom Wege, wo mich kein Mensch kennt. Und da feiern wir bei einer Flasche Pommery Verlobung, nicht wahr?

Daniela. Sidney!

Sidney. Natürlich, wir wollen lustig sein. Ich bin in einer ausgezeichneten Laune. Ein kräftiges Pereat auf alles Philisterium! Es lebe das freie Menschentum! Es lebe die freie Liebe! Und überhaupt alles was Freiheit heißt! (Trinkt.)

Daniela (vorwurfsvoll flehend). Sidney! Nicht!

Sidney. Ja warum denn nicht? Der Krieg ist nun einmal erklärt. Jetzt heißt es vor allen Dingen, nicht den Humor verlieren.

Daniela. Ich begreife nicht, wie Du die Sache scherzhaft auffassen kannst. Siehst Du denn nicht, welche schmähliche Demütigung für mich in dieser Heimlichkeit liegt, in diesem ganzen lichtscheuen Treiben. Glaubst Du wirklich, ich könnte das lange ertragen, so versteckt zu werden, sobald es klingelt, um dann in der Dunkelheit mich in Winkelrestaurants führen zu lassen? Und dann womöglich noch Ausgelassenheit heucheln.

Sidney. Das kann sich aber doch nur um ein paar Tage handeln, bis wir uns über die Gestaltung der allernächsten Zukunft im Klaren sind.

Daniela (seufzt und starrt trübe vor sich hin. Nach einer Pause des Nachdenkens, indem sie sich erhebt). Ich sehe nur eine Möglichkeit.

Sidney. Die wäre?

Daniela (rasch und entschieden). Wir müssen ins Ausland gehen.

Sidney. Ins Ausland? Das ist doch wohl nicht Dein Ernst?

Daniela. Gewiß — und zwar sofort.

Sidney (steht auf, putzt sich sorgfältig Lippen und Bart und faltet seine Serviette zusammen. Zögernd). Aber liebes Kind, ich kann unmöglich jetzt schon wieder Urlaub nehmen.

Daniela. Urlaub? Wir gehen doch für immer.

Sidney. Ah! Ich bitte Dich, ich werde doch nicht so mir nichts, Dir nichts davonlaufen, meine Stellung aufgeben — und alles.

Daniela. Ich denke, darauf hattest Du Dich gefaßt gemacht?

Sidney. Nun ja — das heißt, im äußersten Falle natürlich. Aber ich sehe nicht ein, warum nicht schließlich doch noch alles ganz glatt gehen sollte, wenn wir nur klug und vorsichtig zu Werke gehen.

Daniela (bitter). Dazu haben wir einen ausgezeichneten Anfang gemacht! (Sie geht, verstohlen die Hände ringend, nach hinten links und setzt sich dort auf einen Stuhl.)

Sidney. Was denn? Es ist doch wahr; warum soll ich mich mit Gewalt unmöglich machen? — Gestattest Du mir eine Papyros?

Daniela (nickt).

Sidney (indem er sich eine Cigarrette ansteckt). Die diplomatische Carriere will ich ja gern schießen lassen. Aber warum sollte ich nicht einmal Oberpräsident, Staatssekretär oder Minister werden? Uebrigens, bis ich es einmal so weit bringe, ist über unsere Geschichte schon zehnmal Gras gewachsen. Wenn es uns nur gelingt, einen wirklichen Skandal zu vermeiden, dann kann uns das bischen Gerede gar nichts anhaben.

Daniela. Mein Gott, mein Gott, warum bin ich nicht gleich gegangen!

Sidney (nimmt einen Stuhl und setzt sich hinter sie, spricht über ihre Schulter. Weich). Daniela! Komm, sieh mich an. Wie kannst Du so kleinmütig sein! Wärst Du gegangen vorhin, dann hätte ich ja doch glauben müssen, daß es ihnen gelungen wäre, mit ihrem Popanz von Schicklichkeit und Meinung der Welt meine stolze, kühne Daniela zu sich herunter zu ziehen. Jetzt weiß ich doch erst, wie sehr Du mich liebst. Siehst Du — jetzt, — jetzt hat doch alles ein ganz anderes Gesicht. (Während er aufsteht, noch einige Züge raucht und dann die Cigarette in einen Aschenbecher legt, weitersprechend.) Siehst Du, das war eine so große, freie Liebesthat — das — damit hast Du mich zu Deinem Ritter geschlagen. Vorher, wer weiß, ob nicht die Gewohnheit und die Welt und die Furcht doch noch Macht über Dich gewonnen hätten; aber jetzt, siehst Du, jetzt bist Du mein — jetzt bin ich es, der für Dich denkt und handelt und den schweren Kampf für Dich kämpft — so freudig kämpft, weil er weiß, wie süß der Lohn ist. (Er steht vor ihr und zieht sie zu sich hinauf.)

Daniela (lehnt sich an ihn, schaut ihm forschend in die Augen und sagt sehr langsam). Dann — will ich — nichts — bereuen.

2. Auftritt.

Vorige. Harriet.

Harriet (tritt durch die Hinterthür ein und prallt erstaunt zurück, als sie Sidney und Daniela in der Umarmung sieht). Ah pardon --- ich konnte unmöglich wissen, daß die gnädige Frau noch hier sein würde.

Sidney (der Daniela rasch losgelassen hat, ärgerlich). Wie bist Du denn hereingekommen?

Harriet. Ich habe mir von Papa den Schlüssel geben lassen. Ich denke, er wird wohl bald nachkommen. Er wollte nur Herrn von Villiers noch ein Stückchen begleiten.

Sidney. Und Du hast es so eilig gehabt, nachzusehen, ob wir den Befehlen seiner Excellenz nachgekommen wären?

Harriet. Nein. Ich habe es so eilig gehabt, weil ich es für meine Pflicht halte, Dich vor einem bösen Streich zu warnen, den jemand der Frau Professor gespielt hat. Du erlaubst vielleicht, daß ich mich setze. (Geht nach vorn, setzt sich rechts und wendet sich so, daß sie Daniela sehen kann, die sie während des Folgenden scharf beobachtet). Ich wollte es eigentlich meinem Bruder überlassen — Sie haben sich ja doch einmal unter seinen Schutz gestellt — aber da ich Sie noch hier treffe, muß ich es Ihnen wohl selber sagen. Es hat jemand nach Königs=berg telegraphiert, daß Sie in der Wohnung meines Bruders gesehen worden sind.

Daniela (fährt empor, läßt sich aber gleich wieder auf den nächsten Stuhl zurückfallen). Ah — das Fräulein! (Sie sitzt ganz in sich zu=sammengesunken da und starrt vor sich hin.)

Sidney. Die Tönnies? Wahrhaftig? Aber das ist ja eine Niederträchtigkeit sondergleichen.

Harriet. Find' ich auch. Darum komme ich ja eben.

Sidney (klopft sie auf die Schulter). Danke Dir — danke. — Es kann ja schließlich nichts Schlimmes dabei heraus=kommen. Mein Himmel, ja! Die Frau Professorin hat mich auf der Durchreise besucht, als intimen Freund ihres Hauses. Warum denn nicht? Mein Vater und meine Schwester waren ja zugegen. Mein Diener kann ja bezeugen ... Ach was, die Sache hat gar nichts auf sich. — Aber eine solche Bosheit hätte ich denn doch dem edlen Fräulein nicht zugetraut. (Zu Harriet.) Wie bist Du denn dahinter gekommen?

Harriet. Sie hat es mir ja selbst erzählt, triumphierend.

Sidney. Das ist doch wirklich... Ich hätte die größte Lust... Du hast ihr doch hoffentlich Deine Meinung nicht vorenthalten?

Harriet. Na — Du kennst mich doch!

Sidney. Ja, haha! Und in Wannsee ist sie am längsten gewesen. Siehst Du, Schwesterchen, da hast Du Dich doch einmal gründlich hinters Licht führen lassen mit Deiner Schwärmerei. So eine abgefeimte Abenteurerin!

Harriet. Ist nicht besser und nicht schlimmer als Andere. Was willst Du? Die Eifersucht! Wer kann wissen, ob wir es nicht ebenso machen würden im gleichen Fall. Hab' ich nicht recht, gnädige Frau?

Daniela (ohne die Anrede zu hören, dumpf vor sich hin). Nun kommt das auch noch! Das peinliche Verhör, die Beweis= aufnahme, Zeugen für und wider — so oder so: — die Schande!

Sidney. Daniela! Ich bitte Dich um alles in der Welt, wühle Dich nicht so ein in solche Gedanken. Sitz nicht so in Dich versunken da. Was will er denn schließlich gegen Dich ausrichten?

Daniela. Das fragst Du noch? Er wird die Schande über mich bringen.

Sidney. Aber mein Gott, das ist ja doch unmöglich; da müßte er doch erst beweisen können... (Hilfles zu Harriet.) Was soll man da sagen? Nun quält sie sich mit solchen Ideen. Hilf mir doch!

Harriet (immer Daniela scharf fixierend). Sie muß wohl am besten wissen, was sie zu fürchten hat. Ich kenne den Herrn Gemahl ja nicht.

Daniela (springt auf, schaut wirren Blicks umher). Wie spät ist es denn? (Bleibt vor der Uhr stehen, starrt sie an und reibt sich die Augen.) Ich weiß nicht — ich kann nicht sehen.

Sidney (tritt zu ihr, legt die Hand auf ihren Arm). Es ist gleich halb Vier. Warum meinst Du?

Daniela. Da könnte doch längst — Antwort da sein.

Sidney. Was denn? Du glaubst doch nicht, der Professor würde sofort... ah, das ist ja Unsinn! An wen soll er denn telegraphieren?

Daniela. Das weiß ich nicht. Ich weiß nur, daß etwas kommen wird — etwas Schreckliches.

Sidney (versucht zu lachen). Nun ja — schlimmsten Falles kommt er selbst. Wir wollen schon dafür sorgen, daß er Dich nicht findet.

Daniela. Ich weiß nicht — ich weiß nicht... (Sie tritt sehr unruhig an's Fenster, schiebt den Vorhang zurück und schaut hinaus.)

Sidney (leise zu Harriet). Was hat sie nur?

Harriet (ihm in's Ohr, auf Daniela deutend). Take care, my boy! (Sprich: Teläbr mei boi!)

Sidney (ebenso). Was meinst Du denn? Wovor soll ich mich in Acht nehmen?

Harriet. Sie hat einen Ausdruck in den Augen — ich weiß nicht....

Sidney (schrickt zusammen, dann unwillig abweisend). Lächerlich!

Harriet (zuckt die Achseln, tritt dann näher zu Daniela). Ich begreife Sie nicht, gnädige Frau — Sie mußten doch auf so etwas gefaßt sein. Wenn Sie sich alles recht überlegten, warum sind Sie dann hierhergekommen?

Daniela (sie groß anschauend). Ich weiß es nicht. (Kleine Pause, während deren Daniela, von Harriet fortwährend scharf beobachtet, vom Fenster weg tritt und ängstlich nach der Mittelthür hinhorcht. Sidney, sie gleichfalls beobachtend, in der Mitte der Bühne. Die Entreeglocke schlägt stark an.)

Daniela (mit einem unterdrückten Aufschrei). Da ist es! (Sie will zur Mittelthür hinaus.)

Sidney (kommt ihr zuvor, um sie festzuhalten). Was denn? Daniela, ich bitte Dich, sei ruhig.

Daniela. Das Telegramm!

Sidney. Es wird mein Vater sein. Bleib nur drin. (Rasch ab.)

(Kleine Pause.)

3. Auftritt.

Vorige. General. (Es wird allmählich dunkler.)

Sidney (indem er den General voran hinten eintreten läßt). Du wirst Dich wundern, Papa, Frau Daniela noch hier zu finden, aber wir konnten unmöglich....

General (mit abwehrender Handbewegung). Das wußt ich schon, spare Dir die Entschuldigungen. (Verbeugt sich kühl gegen Daniela.)

Sidney. Nicht wahr, das war Dir nicht Ernst mit dem Wunsche, daß sie sofort abreisen sollte? (Zu Daniela.) Da siehst Du, ich habe es Dir ja gleich gesagt.

General. O doch! Damit war es mir sogar sehr Ernst.

Sidney. Aber, ich bitte Dich, wenn es sich um so schwerwiegende Fragen handelt, muß man doch reiflich über=legen. Es ist mir sehr lieb, daß Du kommst, denn wir haben uns immer noch nicht entschließen können.

General (zornig ausbrechend). So? Und weißt Du auch, was die nächste Folge dieses — dieses höchst unvernünftigen und überflüssigen Abwartens gewesen ist?

Sidney. Was denn, Papa?

Harriet (näher tretend, zum General). Mein Gott, was ist denn? Du bist ja ganz außer Dir!

General. Sapperment noch mal, das ist aber auch zum Teufel holen! Der Adam, die Kanaille, hat sich da drüben vis-à-vis in der Budike postiert und die ganze Zeit auf der Lauer gelegen. Wie er mich jetzt kommen sieht, faßt er mich auf der Straße ab, thut ganz unschuldig und erzählt mir, er hätte herauf gewollt, um seine Effecten fortzuschaffen, ab er sich nicht getraut, weil die Dame immer noch beim Herrn sei. Da habt Ihr den Skandal! (Setzt sich vorn, knöpft sich den Ueberrock auf und fächelt sich Kühlung zu.)

Sidney (beißt sich auf die Lippen, geht ratlos ein paar mal auf und ab und tritt dann hinter Daniela, die wieder am Fenster steht, um sie beruhigend auf den Arm zu klopfen). Fürchte Dich nicht. Was will er uns denn schließlich damit anhaben?

Harriet (erhebt sich, nimmt ihren Schirm, als ob sie gehen wollte. Achselzuckend zu Sidney). Ja bist Du denn... Du mußt doch einsehen: das ist der Anfang vom Ende.

Sidney. Wieso?

General. Wieso?! Na, Herrschaften, nehmt mirs nicht übel, Ihr seid doch keine kleinen Kinder mehr. Sie ent=schuldigen meine gnädige Frau, aber — das ist denn doch ein Bischen mehr wie naiv! Oder glauben Sie wirklich, daß alle Welt geneigt sein wird, das so harmlos aufzufassen?

Sidney (Daniela leise, wie mahnend, berührend). Daniela!

Daniela (wendet sich um, sieht alle drei groß an). Was denn? Wovon ist die Rede? O verzeihen Sie, ich... (lauscht plötzlich wieder nach der Mittelthür). Ich glaube, es kommt jemand die Treppe herauf.

Sidney (wieder unruhig auf und abgehend). Wir können jetzt wahrhaftig nicht mehr danach fragen, was der oder jener von uns denken mag.

General (steht auf, hält ihn am Arme fest). Willst Du mir vielleicht die ehrenvolle Aufgabe zumuten, bei unserer ganzen Bekanntschaft herum zu laufen, um es den Leuten plausibel zu machen, daß euere Beziehungen ganz unschuldiger Natur seien? Ich habe heute schon gerade mit dem alten Villiers genug zu thun gehabt. (Leise.) Und das sage ich Dir, so leid es mir um Frau Daniela thut, ich muß mich vollständig von Euch zurückziehen, wenn Du nicht Mittel und Wege findest, selber jeden Verdacht nieder zu schlagen.

Sidney. Verdacht? Aber Papa, Du kannst doch nicht glauben...

General. Nein. Ich will es nicht glauben, weil ich — (stark betonend) vor Frau Daniela die größte Hochachtung habe.

Sidney (zusammenzuckend). Ah, das ist...

(Es klingelt draußen.)

Daniela (stürzt mit einem kurzen Aufschrei hinaus).

Sidney (ihr nach). Daniela! Was willst Du denn? Du wirst doch nicht selbst... (Eilt hinaus, die Mittelthür bleibt offen.)

Daniela (draußen, hat schon die Entreethür geöffnet). Geben Sie nur. (Kommt mit einem Telegramm in der Hand zum Vorschein, daß sie mit zitternden Fingern öffnen will.)

Sidney (draußen). Baron Veldegg? Jawohl, es ist schon recht. (Schlägt die Entreethür zu, läuft Daniela nach und entreißt ihr das Telegramm.) Ich muß doch bitten — es ist an mich. Du wirst sehen, eine ganz gleichgültige Sache. (Tritt ans Fenster mit dem Telegramm, reißt es auf, liest, schlägt sich vor die Stirn, liest wieder und knirscht vor sich hin.) Unglaublich! Lächerlich! Der Mann muß... (Lacht nervös auf, wendet sich scheu nach Daniela um, sich mühsam zu einem Lächeln zwingend.)

Daniela (ist ihm nur wenige Schritte nachgefolgt und hält sich, ihn angstvoll beobachtend an dem vordersten Stuhl bei dem Tisch hinten links, fest.) Gieb her. Ich will wissen — ich will wissen!

General (im Vordergrund rechts zu Harriet). Weißt Du, was das zu bedeuten hat?

Harriet (umklammert seinen Arm und blickt gespannt auf Daniela).

Sidney (geht langsam zu Daniela und reicht ihr das Telegramm). Ich muß wohl. Lies.

Daniela (liest und bricht auf dem Stuhl zusammen mit einem hysterischen, fast wie Lachen klingenden Schmerzensgewimmer).

Sidney (sucht sie erschrocken zu beruhigen). Daniela, ich bitte Dich, nimm Dich zusammen. Laß uns doch in Ruhe überlegen.

General. Darf man wissen?

Sidney (auf Daniela blickend, unsicher). Ich weiß nicht... Daniela, darf ich es meinem Vater sagen? (Da sie nicht antwortet, seufzt er auf und tritt dann zum General.)

Harriet. Der Professor Weert hat telegraphiert?

General. Ah, woher weiß denn der?

Harriet. Lilli!

General. Also wirklich? Was Teufel — was will er denn?

Sidney. Er will ihr — alles verzeihen, wenn sie sofort zu ihm zurückkehrt. Sonst will er die Klage darauf gründen, daß sie — hier bei mir gewesen ist.

General. Aber das ist ja — das geht ja doch unmöglich! Die Schande — das — das überlebt sie ja nicht.

Sidney. Sie muß fort, ins Ausland, und dort das Ende abwarten. Und Du mußt dem Professor schreiben, daß es absolut... Du mußt ihm schreiben, wie alles gewesen ist.

Harriet (leise zu Sidney). Du solltest Dich doch schämen.

General. Was verlangst Du denn von mir? Ich kann doch nichts beschwören!

Sidney (verzweifelt). Ja, mein Gott, was soll denn dann werden?

General. Es ist Deine Schuld. Du hättest sie gleich fortbringen müssen. Jetzt giebt es nur eine Möglichkeit, die Ehre zu retten. (Tritt nach kurzem Nachdenken zu Daniela und legt ihr die Hand auf die Schulter.) Mein liebes Kind, hören Sie was ich Ihnen sage?

Daniela (schaut verwirrt auf, dann ergreift sie des Generals Hand, beugt sich tief herab und küßt sie. Leise wimmernd). Lieber Herr General! Lieber Herr General! Können Sie mir verzeihen?

General (ihr mit der anderen Hand übers Haar streichelnd). Lassen Sie das doch. Was hätte ich Ihnen denn zu verzeihen? Ihr Temperament hat Sie zu einem sehr unklugen Schritt hingerissen; aber das ist nun nicht mehr zu ändern. Jetzt bleibt für Sie nur eins zu thun — Sie müssen vorläufig zu Ihrem Gatten zurückkehren.

Daniela (emporsaumelnd). Zu meinem Mann zurück?!

General. Das ist die einzige Möglichkeit, den Standal niederzuschlagen.

Daniela. Sidney, hast Du das gehört?

Sidney. Rege Dich doch nicht auf, ich bitte Dich. Mein Vater hat doch Recht. Du mußt den Vorschlag annehmen — vorläufig, zum Schein.

Daniela (einige Schritte auf ihn zu, wild verzweifelt). Das sagst Du mir?! Das sagst Du mir jetzt noch!

Sidney (macht ihr erschrocken ein Zeichen zu schweigen und tritt auf sie zu, als ob er sie bei der Hand nehmen wollte).

Daniela. Laß mich! (Weist ihn schroff ab und weicht vor ihm zurück nach links hinten. Kleine Pause. Der General blickt betroffen von einem zum andern, Sidney wendet sich, verlegen die Achsel zuckend, ab.)

General (unsicher, nach vorn kommend). Ich begreife nicht recht, warum Sie mit solcher Leidenschaft . . .

Harriet (rasch auf ihn zu, leise). Aber ich begreife alles. Komm, Papa, wir haben hier nichts mehr zu schaffen.

General (begreift, stampft mit einem grimmigen Aufschrei mit dem Fuße auf den Boden, wirft kopfschüttelnd einen mitleidsvollen Blick auf Daniela, dann einen zornig-verächtlichen auf Sidney, ergreift Hut und Stock und herrscht Sidney streng an). Komm hinaus, ich habe drei Worte mit Dir zu reden. (Er faßt, vor Zorn zitternd, Harriets Arm und läßt sich von ihr durch die Mittelthür hinausführen. Beide ab.)

Daniela (streckt Sydney die Hände entgegen, als ob sie ihn zurückhalten wollte).

Sidney (an ihr vorbei, wütend vor sich hinknirschend). Ach laß mich! (Rasch den andern nach, ab.)

4. Auftritt.

Daniela (allein).

Daniela (eilt ihm einige Schritte nach, als ob sie ihm noch etwas sagen wollte, dann bleibt sie ganz nah der Thür stehen. Miene und Spiel drücken aus, wie sie innerlich zusammenbricht. Sie hält sich an der Lehne eines Stuhles fest und murmelt leise vor sich hin, mit festem Entschluß). Jetzt weiß ich, was ich zu thun habe. (Wirft mit verächtlichem Lächeln ihr Bild auf den Schreibtisch, ergreift ein Dolchmesser, das dort liegt, wirft es aber gleich wieder hin, als man draußen die Stimmen des Generals und Sidneys etwas lauter werden hört. Sie horcht einen Augenblick und schluzt krampfhaft auf; rafft sich aber bald wieder zusammen, trocknet sich die Augen, schneuzt sich, streicht sich die Haare glatt. Geht nach dem Hintergrunde, wo ihre Sachen auf einem Stuhl liegen und setzt ihren Hut auf, wobei sie flüchtig in den Spiegel schaut, zieht ihren Mantel an und holt die Handschuhe daraus hervor.)

5. Auftritt.

Daniela. Sidney.

Sidney (sehr niedergeschlagen und aufgeregt durch die Mitte). Willst Du schon gehen?

Daniela (sich die Handschuhe anziehend). Ja, wie Du siehst. Ich wüßte nicht, was ich hier noch sollte.

Sidney. Schön. Dann will ich mich gleich fertig machen. Du wirst doch wohl zunächst nach Deiner Wohnung gehen wollen und einpacken.

Daniela. Bemühe Dich nicht, ich kann ganz gut allein gehen.

Sidney. Nein, nein, warum das? Ich will Dich doch lieber begleiten — es hat Dich sehr angegriffen. Ich denke, Du wirst meinen Arm doch brauchen.

Daniela (ironisch). Es ist ja noch nicht finster draußen. Es könnte uns jemand sehen.

Sidney. Das ist jetzt schon ganz gleichgültig. Es ist ja doch alles aus. (Er sinkt auf einen Stuhl am Eßtisch und schlägt sich, verzweifelnd aufstöhnend, mit der Faust vor die Stirn.)

Daniela. Dein Vater ist fort?

Sidney (heftig und schmerzvoll ausbrechend). Jawohl. Mein Vater ist gegangen — für immer! Er wird die Schwelle meiner Wohnung nicht mehr überschreiten, so wie ich ihn kenne. O, die furchtbaren Worte, die er mir gesagt hat — Daniela, — die furchtbaren Worte! (Vergräbt sein Gesicht in beide Hände, stöhnend.) Mein Vater verachtet mich!

Daniela (legt, von Mitleid bewegt, ihm die Hand auf die Schulter).

Sidney (fährt wild herum und ringt die Hände zu ihr hinauf). Warum bist Du hierher gekommen?

Daniela. Leb wohl! (Wendet sich rasch zum Gehen.)

Sidney (holt sie ein, hält sie am Arm fest). Daniela! Geh nicht so von mir. Verzeih mir. Ich weiß ja, Du hast eben nicht überlegt. Du bist einfach einem ersten Impuls gefolgt — verzeih mir nur! Du siehst ja, ich bin außer mir. Der Schlag war zu hart. Du weißt ja nicht, mit welcher Verehrung ich immer zu dem Manne aufgeblickt habe — wie ich meinen Vater liebe!

Daniela (setzt sich auf einen Stuhl hinten. Kleine Pause). Was hast Du mir noch zu sagen?

Sidney (rafft sich zusammen, geht im Vordergrunde auf und ab). Ja, wir müssen doch nun... Komm, wir wollen einmal ganz ruhig überlegen, was wir zu thun haben. Ich muß doch dem Professor antworten. Hast Du Deinen Entschluß gefaßt?

Daniela. Ja, ich habe meinen Entschluß gefaßt.

Sidney. Nun siehst Du, das ist vernünftig von Dir. Du mußt doch einsehen, daß Dir weiter gar nichts übrig bleibt, als vorläufig auf seinen Vorschlag einzugehen und ruhig zu ihm zurückzukehren, als ob nichts vorgefallen wäre.

Daniela (leise). Als ob nichts vorgefallen wäre?!

Sidney. Selbstverständlich. Wenn er Dir mit seiner Verzeihung kommt, so weisest Du ihn stolz zurück.

Daniela. Ah! — (Erhebt sich rasch und kommt nach vorn.) Und wenn er nun von Dir Auskunft haben will?

Sidney. Von mir? Dann — dann antworte ich einfach nicht.

Daniela. Und wenn er Dich nun zwingt, wenn er Dich auf Ehre und Gewissen fragt?

Sidney (richtet sich hoch auf). Dann gäbe es allerdings keinen Ausweg.

Daniela. So! Also dann würdest Du mich aufopfern?

Sidney. Du weißt wohl nicht, was die Ehre eines Mannes zu bedeuten hat?

Daniela. Und die Ehre einer Frau?

Sidney. Für die vergießt man sein Blut, aber man opfert ihr nicht die eigene Ehre auf.

Daniela. Und mir rätst Du kaltblütig die schimpflichste, schmählichste Lüge an! Glaubst Du wirklich, daß ich das Leben ertragen könnte, nachdem ich mich einmal so weit erniedrigt hätte?!

Sidney (setzt sich erschöpft am Schreibtisch. Nach kurzer Pause). Was willst Du also thun? Es versteht sich wohl von selbst, daß Du unter allen Umständen auf mich zählen kannst. Ich werde Dich nicht verlassen. Ich nehme alle Schuld auf mich und werde -- wieder gut zu machen suchen, was ich . . .

Daniela. Gut machen? Ah -- (lacht hart auf) ich verstehe! Du bist ja ein Ehrenmann und die zehn Gebote weißt Du ja auch. Dagegen hast Du gesündigt und dafür willst Du büßen, wie Ehrenmänner zu büßen pflegen. — Ich will Deine Buße nicht! Ach Du . . . wie habe ich mich in Dir getäuscht!! Weißt Du warum ich furchtlos hierhergekommen bin? Weil ich an Dich glaubte — an die Reinheit Deiner Gesinnung glaubte ich! Alles hätte so kommen können, wie es gekommen ist, und ich hätte mich nicht geschämt und nichts bereut. Weil ich Dich liebte war ich frei — und weil Du mich liebtest, konnte mich auch die Sünde nicht erniedrigen. — Das begreifst Du wohl nicht, daß erst Deine niedrige Gesinnung uns schuldig gemacht hat? Woher sollst Du das auch begreifen — davon steht ja nichts im Katechismus. (Da Sidney sie erschrocken beim Arm faßt um ihr Einhalt zu thun, ihr abschüttelnd.) Ach, laß mich! Es ist aus — wir verstehen uns ja doch nicht. — So, nun leb' wohl. Kehre Du zurück in Deine Welt und suche etwas zu schaffen, damit Du vergessen kannst.

Sidney. Und Du, Daniela? Kannst Du denn auch zurückkehren in Deine Welt?

Daniela. Daß Du mir das zumuten konntest, das ist's ja eben, was uns auf ewig trennt.

Sidney. Aber wie willst Du denn dann leben ohne Liebe, ohne irgend einen Halt — das ist ja entsetzlich!

Daniela. Ob ich lebe oder sterbe, das ist ganz gleich. Hier drinnen ist's ja doch ausgelöscht. Kümmere Dich nicht um mich. Für mich ist gesorgt. Lebe wohl! (Geht nach hinten.)

Sidney (ihr nach). Daniela, Du liebst mich nicht mehr? (Da sie eine abweisende Bewegung macht.) Dann ist freilich alles aus.

Daniela (sich in der Thür noch einmal umwendend, mit einem erstickten Hauch). Leb wohl! (Rasch ab Mitte.)

Sidney (läßt sich auf den Divan fallen und vergräbt aufschluchzend das Gesicht in die Hände).

(Der Vorhang fällt.)

Ende.

Hergestellt in der Officin von R. Boll, Berlin 1894.